DARIA BUNKO

蜜欲のオメガ -バタフライ・ノット-

藤華るり

ILLUSTRATION 逆月酒乱

ILLUSTRATION
逆月酒乱

CONTENTS

この作品はフィクションです。
実在の人物・団体・事件などに一切関係ありません。

蜜欲のオメガ -バタフライ・ノット-

蝶《ちょう》が花を狂わすのか、花が蝶を狂わすのか。

花は芳《かぐわ》しい香りで蝶を誘い、蝶もその身の美しさで花を魅了《みりょう》する。

蜜《みつ》も罪もぐちゃぐちゃに混ざり合い、蕩《とろ》けた思考ではどちらが悪いのかなんてわからない。

抗《あらが》わずに従えばいいのだ。求められたのならば、応じるだけ。

そこにどんな感情があるのだろう。何度も味わったというのに、名前だけがどうしてもわからない。

それでも、愚かな蝶はわかっている。

こんな身が、愛されることはない。この蜜に、愛なんてないのだ。


「時田《ときた》、」

名を呼ばれ、夕日に呆《ほう》けていた背が動いた。長い間考え事をし、頬杖《ほおづえ》をついていたため肘《ひじ》が赤くなっている。その赤みが目立つほど白い肌をした男だ。外国の血が混じっているというよりは、病的な白さである。瞳は宇宙を丸めて詰めこんだように黒くて大きい。幼い顔つきに背丈も低く、齢《よわい》十八の男だとは誰も思わないだろう。

時田聖《ひじり》。それが彼の名前である。

聖は固まった身体をほぐすように大きく伸びをした後、声の主である男子生徒に振り返って微笑《ほほえ》んだ。言葉は発さない。相手の言葉が続くのを待っているのだ。

「その……予約したいんだ。そろそろアレだろ？」

男子生徒は慣れていないらしく、誘いの言葉に初々《ういうい》しさが残っていた。彼は頬を赤く染めながら、横目で黒板の日付を確認する。

四月。前回から三ヶ月が経っている。予想通りならば今日明日にでも起きるはずだ――この学園を惑わせる、聖の変化が。

聖は鞄《かばん》から手帳を取り出しページを捲《めく》った。月別スケジュールのページは二月、三月共に真っ白だが、四月のページにはびっしりと名前が書いてある。

「……空きは、ないかも」

名前が書きこまれているのは四月の一週間だけ。それを細く白い指先でなぞりながら読みあげる。

「最初の日は、午前中が津島《つしま》くんと北川《きたがわ》くん。午後は保健室。夜は二年の子たちと――」

「一緒でいいから！」

待ちきれないと、聖の声を遮って叫ぶ。

「津島や北川たちと一緒でいい。だから俺も交ぜてくれ」

この男子生徒を交ぜれば三人になる。彼らを相手にすることを想像し、聖は躊躇《ためら》った。

「とにかくお前が欲しいんだよ、時田！」

迷う姿を見かねて男子生徒が力強く言い放つ。それは聖の首を動かした。津島、北川の下に、男子生徒の名前を書く。

求められているのだから、応えなければならない。書き終えた名前を一瞥《いちべつ》した後、手帳を閉じた。

未使用の陶器に似た白い肌に憂《うれ》いが浮かぶ。怠《だる》そうに伏し気味な瞳が、遠くを見つめていて

——聖の様子を眺めていた男子生徒が生唾を飲んだ。

手帳に名前を書くということは契約が完了したという意味。目的を達成した男子生徒が去ると、入れ替わりに別の生徒がやってきた。

「また、増えたのか」

「うん。僕のことが欲しいんだって」

「俺は止めないけど。ま、ほどほどにしておけよ」

そう言って、聖の前の席に座る。事情を知っているこの男子生徒は、制服に『時田』と名札を付けていた。

聖と同じ名字でも兄弟ではない。時田信清《のぶきよ》は聖にとって従弟にあたる。名字、年齢は同じだが、外見は別だ。聖が儚《はかな》さを持ち合わせた神秘的な男の子であるならば、信清は汗や日焼けの似合う今時の男子だ。

「……薬、飲むの忘れないようにな」

「うん。わかってるよ」

「じゃあ安心だ——帰ろうか。今日の夕飯はカレーだってさ」

この学園は全寮制のため、帰ると言いながら学園の敷地から出ることはない。ただ、寮に戻るだけだ。

帰り支度を終えた聖は寮のルームメイトである信清を見上げて、ゆっくり頷《うなず》いた。

校舎から寮までの短い移動時間は、信清と行動する。去年の夏から始まった護衛だ。

この護衛は、聖や信清が言いだしたわけではなく、必然とそうなってしまったものだった。

つまり、聖は護衛されなければならない理由がある。

「俺さ、聖がしてることは止めないよ」

夕暮れの学園敷地を歩きながら、春の風にかき消されそうなほど小さく、信清が呟《つぶや》いた。

「……それを、聖も望んでいるんだろ？」

隣を歩く聖はしっかりと聞いていて、夕日に目を細めながら頷く。

「うん。求められているから」

聖が返すと信清は黙ってしまった。

その行動が気になって信清を覗《のぞ》きこむ。運動神経がよく、所属している部活でもエースを任されている信清は、春というより夏が似合う凛々《りり》しい顔つきをしている。顔から首、鎖骨《さこつ》、肩――逞《たくま》しい腕まで視線を落としたところで、聖は喉《のど》を押さえた。

信清の身体に反応し、腹部からずくりとこみあげる重たいもの。それは熱を放っていて、身体中が痒《かゆ》くなる。制服を着ていることが煩わしくなり、脱ぎ捨てて外気に晒《さら》してしまいたいと思ってしまうほど。

明日にでもやってくるのだろう、三ヶ月に一度、聖の身に生じる変化。その期間になれば、全身が熱くなって敏感になる。指が触れただけで頭の芯が蕩けて動けなくなるのだ。少しでも身体を動かせば、服のささいな摩擦に反応し、己の肌に潜んでいた欲が起きあがってしまう。

わずかな刺激で反応してしまうくせに、この時期はひどく欲張りだ。膨《ふく》れた己を宥《なだ》めるべく精を放とうが鎮まることはない。腰をくねらせて次を求め、たとえ理性が切れようが意識を失うまで欲は続く。何ともやっかいな時期だ。

まるで発情した獣《けもの》のようだとクラスメイトの誰かが嗤《わら》っていたが、それは的《まと》を射《い》ていると、つくづく実感する。本能に従う獣のように快楽を求めてやまないのだから。

人並みな生活さえすることができないこの発情期を、聖は嫌っていなかった。

発情期に入ると、教室の隅で埃《ほこり》をかぶっている影の薄い存在が、どういう訳か、皆から求められる。クラスメイト、下級生、挙げ句の果てには教師まで。すれ違いざまに腕を掴《つか》まれ、人気《ひとけ》のない廊下で犯されたこともあった。

それほどのことをされても、聖は発情期を嫌いになれない。相手から求められている。それが一方的な性行為であっても、相手が必要としてくれているのだと思えば快楽に変わる。

いつしか聖の噂《うわさ》は学園中に広まり、発情期が近づくたびに性行為の予約が入るようになった。外部の人間は聖を指さして『爛《ただ》れている』と評するだろう。それでも聖は手帳に名前を刻むことをやめない。

＊＊＊

翌朝。目が醒《さ》めると、待ち望んでいた発情期に入っていた。

こうなってしまうと薄い寝間着でさえ煩わしく、破り捨ててしまいたくなる。吐く息は荒く、ベッドの柵にしがみついて身体を震わせる聖の様子に、ルームメイトの信清が声をかけた。

「大丈夫か？」

「た、ぶん……っ」

　立ち上がれば膝《ひざ》が笑う。震えた脚が触れ合うと、反応し股《また》の間で膨れあがった自身が寝間着を持ち上げた。

　信清からすればこの状態は慣れてしまったもので、聖の色香を纏《まと》った姿に動じることなく淡々としていた。

「先生にはいつもの体調不良だって言っておくから。あと、予約した子たちにも話しておく」

　ベッドサイドの薬を取ろうとする聖の動きは陸《おか》を歩く亀《かめ》のように遅く、信清はそれを待たずに早々に部屋を出ていってしまった。

　授業は欠席になる。この期間のことは担任もよく知っているのだ。だから時間を気にする必要はなく、のろのろと制服を着る。この格好のまま寮を出るのは恥《は》ずかしいという、聖なりの美意識があった。

　身支度を終えて寮を出たのは、授業の始まる頃だった。学園にたどり着くが、目指す先は自分のクラスではなく、使われていない空き教室。

　重い扉に身を預けつつも何とか開くと、そこには昨日の男子生徒を含めた三人が待っていた。言葉を交わすなんて時間の無駄だとばかりに三人の前で跪《ひざまず》く。

　三人の視線は血走り、制服を着ているはずなのに素肌を見られていると感じてしまう。我先にと奪い合って伸びた手が、自分を求めているのだ。求められたら体内を蠢《うごめ》く欲情から解放されるだろう。聖は笑みを浮かべて、身を委《ゆだ》ねた。

　身体の内も、外も。どれだけ汚されようが、爛れた性交は終わらない。午前・午後・夜と区切った手帳は正しく、午前が終われば入れ替わりに次の相手がやってくる。

行為に終わりが来るとすれば、発情期が鎮まる時ぐらいで——だから、これを遮るものはないと思っていた。


夜。空き教室に入ってきたのはこの学園の理事長だった。

「またせたね。今回もこんなに汚されて、とても可愛らしいよ」

汗と体液で汚れた身体を一撫《ひとな》でし、理事長は聖の前に座る。

「僕を、求めてくれますか？」

「もちろん。朝までたっぷり求めてあげるからね」

荒い息をこぼしながら理事長のスラックスに手を伸ばすと、ざらざらとした布地の向こうで身を起こしかけているものがいた。触れただけでびくりと跳ねるそれは、聖を求めて、聖の指先に悦《よろこ》んでいるのだ。

身体が熱い。先ほどまで抱かれていた熱が、まだ足りないと憤《いきどお》っていている。我慢できずスラックス越しに舌を這《は》わせれば、唾液が布地に染みこんで、隠されているそれの形を浮き立たせた。

理事長の欲をもっと目覚めさせたい。獣になり、狂って、求められたい。数度ほど舌を這わせ、その膨張を感じた時——。

音が、した。閉ざされていた教室の扉が開き、廊下を神秘的に照らしていた月の光が、淫靡《いんび》な空間に踏みこんだ。

この時間に予約した者は理事長だけ。誰も来るはずがないというのに。呆然《ぼうぜん》とした聖が見たのは、月を背負った影が二つ。

「うわー、噂通り理事長が生徒とセックスしてる！　アハハ、面白くて笑っちゃう」

「……こんな最低の現場に喜ぶなんて、お前は頭がおかしいのか」

蕩けていたはずの思考がほんの一瞬、時間を止めた。薄暗い中で月光によって浮かびあがった二人のシルエットが、あまりにも美しすぎたのだ。はっきりと顔や姿は見えないのに、どうしてか聖はそれが綺麗なものだとわかってしまった。

頭の奥で何かが警鐘を鳴らしている。これは危険なものだ。月よりも美しいあの存在は、自分を狂わせるだろう。それでも目を奪われて動くことさえできない。

立ち入る許可も取らず、二人はずかずかと進入してきた。

室内に入ってくると、その顔がうっすらと見える。顔つきや服装から察するに学生ではない。

聖とは逆に、理事長は怯《おび》えていた。侵入者のことを知っているのか立ち上がって後退《あとずさ》りをしていたが、侵入者の一人がそれを制した。

「理事長。お前の罪は明らかだ。証拠も押さえている。我々カネシマグループから逃げられると思うなよ？」

その一言で、理事長の心が折れた。どさ、と地面に膝のつく音が聞こえる。

「すごいね。誰とでもヤっちゃう淫乱《いんらん》生徒を囲う学園。オレも高校生に戻りたーい」

「……トラ。お前は黙ってろ」

「あーあ、リュウは真面目《まじめ》すぎてつまらないね」

リュウと呼ばれた男はため息をついて会話を打ち切ると、聖の前で膝をついた。顎を軽く持ち上げてまじまじと顔を眺める。

「やはり、な」

リュウの瞳に色はない。確認しているだけの無機質なものだとわかっているのに、発情期の熱に冒された聖はそれすらも過敏に受けとめてしまう。ただ視線が重なるだけで、瞳の奥、感情、思考のすべてを掌握された気がした。

確認を終えると、素っ気なく離れた。しかしすぐさま腕を引き、今度は聖を押さえこむ。不意をつかれたため、がっしりとした体格から逃れられず、叫び声をあげることもできなかった。

「こいつは野良オメガだ。それも発情期中の。大当たりだな――トラ、抑制剤を出してくれ」

「オ、オメガ……？」

掠《かす》れた声に返答はなく、冷たい指先が聖のうなじをなぞる。

トラと呼ばれたもう一人の男が注射器を手にして聖に近寄った。

「ちくっとするけど大丈夫だよ」

「ひッ……注射、どうして……な、んで」

「打て」

首に針が刺さる。普段ならかすかな痛みのそれでさえ、感覚が過敏になっている今では興奮を増すものでしかない。

細い注射針から注ぎこまれる薬によって、びくびくと身体が痙攣してしまう。快楽に似ているようでいて異なり、聖の意識にこびりついた欲望までしっかりと染みこんでいく。

荒れ狂う嵐が宥められ、力を失い——注射器がその役目を終えると共に、聖は意識を失った。

＊＊＊

目覚めると、そこは見知らぬ部屋だった。馴染みのない天井から察するに寮の自室ではない。重たい身体をゆっくり起こし改めて確認をすれば、消毒液の臭《にお》いが鼻に沁みる。白で統一された内装やパイプベッド、腕には点滴のチューブが繋《つな》がれていることから、頭に浮かんだのは病室だった。

どうしてここにいるのかと意識を失う前を思い返す。空き教室にやってきた二人組や絶望していた理事長の顔。そういえば行為の跡が残っているはずだ。胸元や脚を見るが、夢だったかのように綺麗になっていた。

「起きたみたいだよ」

声が聞こえて、身体がびくりと跳ねる。この声は空き教室で聞いた。確かトラと呼ばれていた者だったような。考えているうちに二人の男が部屋に入ってきた。夜の学園と違い、明るい病室ははっきりとその人物を照らしてくれる。

「時田聖、だな」

名を呼びながら、ずいと近寄るのはスーツを着た男。空き教室で会ったリュウだ。すらりと背が高く、身体つきはがっしりとしている。雰囲気は信清に似ているのだが、爽《さわ》やかというよりはあくどいものが滲《にじ》み出た強面《こわもて》だ。髪は耳の後ろまで伸ばし、前髪はきっちりと後ろに流して固めている。目は鋭く切れ長だけれど、右目の下でさりげなく主張する黒子《ほくろ》が大人の色気を演出していた。

どっしりと構えつつ、聖を逃がすまいと鋭く睨《にら》みつける眼光は、上から押しつぶすような威圧感を持っている。年齢は二十代半ば、いや後半か。

「俺は金嶋龍生《かねしまりゅうせい》だ。教室で会ったのは覚えているな？」

覚えているのだが堂々とした口振りから感じる大人の風格に怯えてしまい、頷くこともできずに固まっていた。見かねて、もう一人の男が助け船を出す。

「可哀想に。リュウが睨みつけるから怯えちゃって」

「睨んでいるわけじゃない。生まれつきこういう目なだけだ」

「ハジメテの子には優しく接してあげないと、ねえ？」

そう言って、聖に向けてにっこりと、優しく微笑む。

「オレは金嶋銀虎《かねしまぎんこ》だよ。気軽にトラって呼んでね。仲良くしよう」

「トラ……さん」

「そうそう。あとこいつもリュウで構わないよ。弟であるオレが特別に許可してあげる」

「勝手に許可を出すな」

黒髪の重たい印象があるリュウに対し、トラは色素の薄い髪色で、肌も白い。彫りの深い顔や垂れ気味な金茶の瞳が異国を感じさせる。映画や物語から出てきたかのような、異質な空気を纏う男だ。

隣に立つリュウはネクタイまできっちりと締めたスーツ姿だけれど、トラはカジュアルなファッションだ。顔や髪の色によく合う淡い茶色のロングカーディガンに、胸元が大きく開いた白いシャツ。ライトグレーのスラックスとの境目には、何本も絡み合った革紐《かわひも》がゆるく巻きついている。

堅いイメージの喋《しゃべ》り方をするリュウと異なり、トラの口調は軽い。だが脳天気な明るさというよりは、相手を小馬鹿にしているような印象を受けた。それは聖が彼らより年下であることが影響しているのかもしれない。

「あの……僕は、どうしてここにいるのでしょうか？」

「お前は危険な状況にあると判断し保護を行った。ここは我々、保護協会が管理する病院だ」

「保護って——」

言いかけて、空き教室での出来事を思い出す。理事長との性行為を彼らに見られたのだ。彼らは聖が襲われていると判断し、保護を行ったのではないだろうか。だとするなら、あれは合意の上での行為だったのだと誤解を解かなければ。

しかし聖よりも先にトラが動いた。それも予想外の言葉を交ぜて。

「理由はね、あんたがオメガだからだよ」

オメガ。空き教室でも聞いた言葉だ。彼らはさも常識のようにオメガだと言うのだが、肝心の聖はというと、この単語に心当たりはない。

「人違いではないでしょうか」

「いいや。お前はオメガだ。間違いなく」

はっきりと、リュウが否定する。

「例えば――今は、自由に身体を動かせるだろ？」

「身体を……あ！」

　言われてようやく気づく。環境の変化にすっかり忘れていたが、聖は発情期に入っていたのだ。あの身を捩《よじ》るほどの熱を、今は感じない。

「垂れ流しはマズいからね、オレが打った注射は緊急抑制剤。あんたの発情を抑える薬だよ」

「発情はオメガの特徴だが……お前は、自分の身体のことをよくわかっていなかったのか？」

　リュウに問いただされ、聖は俯《うつむ》く。自分の身体が興奮状態に陥ることはよくわかっていたが、オメガの発情については知らず、それが自分だと言われてもピンと来ないのだ。

　聖の様子を眺めていたトラは呆《あき》れて息を吐いた。

「……もしかしたら、この子は本当に知らないかもしれない。適切な教育を受けていないのかも」

「ありえるな。在籍生徒がオメガとわかった場合は我々に報告する義務があるが、それを怠《おこた》る学園だ。こいつを都合のいい性奴隷として扱うために、わざと教えなかったのは考えられる」

　二人の会話は通常の声量で交わされているため、嫌でも聞こえてしまう。リュウもトラも、聖に呆れているのだ。居心地の悪さを感じてベッドのシーツを握りしめた。

「聖。お前はこの世界に六種類の性があることを知っているか？」

　表情を変えずに冷たさを保ったまま、リュウが訊《き》いた。

「……はい。保健体育の授業で習いました」

「言ってみろ」

「人間には女性と男性の二つの性があって、身体つきが異なります。この性別は細分化され、男女それぞれ三種類に分かれます。その一つがアルファ。特徴として、アルファ女性型は男性器と似た機能を持つ生殖器を持っています」

「正解だよ。次は？」

「最も数の多いベータ。ほとんどの人間はベータとして生まれます」

間違っているのかと内心でひやひやしていたが、聖の言葉に二人が頷いたのを見てほっとする。アルファ、ベータと続いて残るは一つ。

「オメガは女性型だけでなく男性型でも妊娠可能な性です」

「えっ、オメガの特徴それだけ？　他にもあるでしょ」

催促の視線を向けられても聖は答えられなかった。オメガの特徴と言われても学園で学んだのはこれだけだ。

「すみません……これ以上は、わからないです」

「あんたはオメガに関する知識が足りていないのかな。どうする、リュウ？」

話を振られたリュウは咳払《せきばら》いをして、近くの丸椅子に腰を下ろした。脚を組むその仕草は荒々しく、大人といえばお行儀の良い教師だけだった聖にとって、それは斬新なものだった。

「オメガ。これはアルファやベータよりも数の少ない、希少な性だ。オメガには二つの特徴がある。一つはお前が言った妊娠可能な身体。もう一つが発情だ」

「発情期に入ると、肌に風が当たっただけでも絶頂に近い快感を得られるんだってさ。羨《うらや》ましいね、オレも味わってみたーい」

どくん、と心臓の跳ねる音が聞こえた気がした。二人が語るものは定期的に聖を襲う症状に似ているのだが、納得できない。

「でも、ベータでも稀《まれ》に発情する人がいると聞きました」

「誰からそれを聞いた？」

ベータでも発情する者はいると教えたのは学園の教師たちだった。しかし聖に問いかけるリュウの眼光は鋭く、その名を言ってしまえば恐ろしいことになってしまう気がして躊躇いが生じた。

なかなか口を開こうとしない聖を見かねて、リュウが続ける。

「お前が聞いたことは嘘《うそ》だ。ベータは発情しないがオメガは発情する。ほとんどのオメガは思春期に初めての発情を迎えて自分の性を知る。思い当たるものがあるだろ？」

聖は十七歳の夏から身体がおかしくなった。思春期に初めての発情。確かにその通りだ。リュウの言葉を否定することができず、口の中がからからに渇《かわ》いて気持ち悪い。

「お前が通っている羽流学園《はりゅうがくえん》はベータだけが通う男子校だ。オメガと思われる生徒を発見した場合、保護協会に連絡する義務がある。だが羽流学園はそれを怠り、お前を弄《もてあそ》んだ」

「弄ぶ……って、どうして」

「発情期に入ったオメガはフェロモンを垂れ流してアルファを呼び寄せようとするけど、あんたのフェロモンは強烈で、アルファだけじゃなくベータも惹《ひ》きつけてしまう。だから学園のベータたちは狂わされてしまったんだよ」

「保護協会への報告を怠ったのも、オメガに関する正しい知識を与えなかったことも。すべてはお前を都合のいい性奴隷として囲うためだろう」

　追いつめられ、部屋がより狭くなったような錯覚が聖を襲う。コンクリートに漬けこまれて深い海の底に沈んでいくような息苦しさ。腹の奥まで冷えきっていて動けない。

「時田聖。お前はオメガであり、被害者だ」

　リュウの一言で、ざわついていた思考が水を打ったように静まりかえる。まるでぐちゃぐちゃの脳に垂れた蜘蛛《くも》の糸だ。その糸をしっかりと摑み、聖はリュウの顔をまっすぐ見つめて言った。

「僕は……被害者ではないです」

　こぼれた声に、リュウとトラの目が丸くなった。

「学園の皆は僕を求めただけ。だから悪いことはしていないんです」

　生徒や教師、無理矢理に聖を犯した者たちも、共通しているものがある。彼らは聖を求めてくれたのだ。聖はそれを受けとめただけ。聖の瞳はしっかりと芯が残っている。自身の考えに間違いはないと信じているのだ。

「あんたを抱いてきた人たちは、あんたを愛しているわけじゃない。欲望のはけ口として扱われている。それでもいいのかな？」

「愛がないのはわかっています。でも僕なんかを求めてくれる、その気持ちを裏切りたくありません」

「だが相手は選んだ方がいい」

　今度はリュウが口を挟む。聖を快く思っていないのか、眉間《みけん》には深い皺《しわ》が刻まれていた。

「お前は男でも妊娠できるオメガだ。発情期中に交尾すれば子供なんて簡単にできる。その自覚を持て」

聖にとって青天《せいてん》の霹靂《へきれき》のような話だった。自分がオメガで妊娠可能な身体だとは。発情期になると後孔から透明で粘度の高い液体が垂れていたが、その理由はこれなのだろうか。とはいえ学園の者たちは潤滑油《じゅんかつゆ》の必要がないと喜んでいたのだが。

「奇跡だよ。あれだけ色んな人たちと発情期中にセックスして、よく妊娠しなかったね」

「こんな例は初めてだからな。お前が眠っている間に調べさせてもらったが、繁殖能力は正常だ。つまりお前は妊娠せずに遊び回ったラッキーボーイだ。これからはわからないがな」

「それこそ、僕がオメガではなくベータだからじゃないですか？」

まだ二人の話を信じることはできない。発情をするとしても、自分の身体が他人の欲を受け入れやすい作りをしていたとしても、それは稀なベータだからではないか。

「それに……仮にオメガだったとしても、愛し合っていないんだから妊娠なんてしません」

「……は？」

「好き同士、愛し合う人たちの間にしか子供はできないって学びました」

聖の発言にリュウは頭を抱えた。トラもぽっかりと口を開けて聖を見ていたが、少し経ってからどっと笑いだした。

「あんたサイコーだよ。鸛《こうのとり》が子供を運んでくるとでも信じているのかな。羽流学園ってところは随分とほのぼのしているんだね」

「鸛はさすがにないですけど、愛がないとできないって……学園で教えてもらって……」

「アハハ！　ねえ、聞いた？　この子、本当にまともな育ち方していないんだね」

「……頭が痛い」

二人がどうしてこのような反応をするのかはわからないが、きっと間違えたことを言ってしまったのだろう。聖は悲しげに顔を歪《ゆが》ませた後、腹を抱えて笑うトラを止めるべく、結論を出した。

「とにかく僕は被害者じゃないです。だから学園に帰してください」

「駄目だ」

すぐさまリュウが遮った。

「お前を野放しにしておけない。オメガ保護特区へ移送する」

「僕の居場所は学園にあるんです。みんなが僕を必要としてくれるんです」

「それはお前がオメガだからだ。戻ったとしても慰み者として扱われるだけだぞ」

「構いません。僕を求めてくれるのは学園だけなんです。僕を必要としてくれる人たちのところに帰ります」

お互い一歩も引かず、二人とも黙りこんだ。

リュウはまっすぐに聖を見つめていた。その視線は射抜かれそうなほど強く、奥底を見破ろうとする鋭いものだ。見定められているのが悔しく聖も睨み返すが、リュウの顔は分厚い皮で覆ったのかと思うほど微動だにせず、真意は読みとれない。

視線がぶつかり合い、見えない火花が飛び散っているようだった。目眩《めまい》がするほどの重苦しさの中、口火を切ったのはリュウだった。

「わかった、お前を学園に帰そう。だが二つほど条件を出す。それが呑《の》めないのなら、保護特区へ強制移送するぞ」

　学園への道が開けたことで表情を綻ばせた聖の前に、二本の指が突きつけられた。

「第一の条件は、発情を抑えることだ。お前のフェロモンはアルファだけでなくベータも巻きこむ強力なものだ。発情期に入り、フェロモン垂れ流し状態のお前が外に出たら、どんな事件に巻きこまれるかわからない。オメガは繁殖能力の高さから希少価値があり、裏取引や犯罪に使われることが多いからな」

「オメガオークション、人身売買ってやつとかね。繁殖や性処理の道具として好む愛好家たちに、オメガは高く売れるんだよ」

　全寮制の学園にいたため、聖は外部のことに疎《うと》い。人身売買が行われているなんて想像もつかず、彼らが話しているのはここではない他国の出来事のようだった。

「発情を抑えるのはお前の身を守るためでもある。抑制方法は二種あるが……お前の場合は薬を使うしかない」

　リュウが言うと、トラは懐から薬を取り出した。よくある銀色のシートだが、端には『オメガ型発情抑制剤』と書いてある。何粒もの薄桃色の糖衣錠が詰まっていて、説明がなければ風邪薬と間違えてしまっただろう。あれほどの強い欲情を頼りない小粒の錠剤で抑えきれるものだろうか。

「今回使った注射タイプは発情期にしか使えない緊急のものなんだ。副作用も強い。だから次からは錠剤で」

できると思うよ」

「そうだね——と言いたいところだけど、これは汎用品なんだ。あんたの発情は特殊だから、専用の抑制剤を作らないといけない。眠っている間にデータを取らせてもらったから、すぐにできると思うよ」

説明を受けても、完全に信じることはできない。本当に自分のことを言っているのだろうかと半信半疑のまま、話は進んでいく。

「次の条件に入ろう。これからお前の行動は保護協会が監視することになる」

「もしも僕がオメガなら、悪事に巻きこまれる可能性がある……だから、監視するんですね」

聖の予想に、トラが「正解」と頷いた。大げさに拍手までつけて、にっこりと笑みを浮かべている。

「安心してね。あんたを監視するのはオレたちだから。オレもリュウも保護協会の人間なんだ」

「俺たちが監視し、場合によってはお前を保護特区に移送する。これがお前を学園に帰すための条件だ」

監視とは耳障りな言葉だ。それが聖を守るための行動だとわかってはいても、罪を犯した者と言われているようで気分はよくない。

しかし逆らえない。学園に帰るためにはこの条件を受け入れなければならないのだ。

「わかりました。僕を、学園に帰してください」

何人もの男たちと身体を重ね、その日々は数日間続くだろうと予想していたからか、発情を中途半端に抑えこまれた身体が熱を持て余していた。逃がすところもなく、強烈な快感も得ることができずに苦しいだけ。

リュウが運転する車に乗りこみ、学園へ戻るまでの間、聖は眠るわけでもないのに瞳を深く閉じた。神経を研ぎ澄ませて得る、車の揺れと注射痕の痛み。それは発情期に比べればささいな刺激でしかなく、燻《くすぶ》った熱を冷ましてはくれない。

抱かれるために存在しているオメガ――獣のように発情し、妊娠可能な肉体を持つ性。聖が抱えたはしたない熱に、それは相応《ふさわ》しい名前なのかもしれないが、まだ認めたくはなかった。

学園に着いたのは翌日の朝。登校時刻を過ぎた頃だった。

車を停めると、羽流学園の門前に立っていた教師と副理事が駆け寄ってくる。どうやら彼らは聖が到着するのを待っていたらしい。

「金嶋様！」

車から降りたリュウに向かい、教師が泣くように叫ぶ。彼は、学年主任で、何度も聖を犯し遊んだ男だ。生物を担当し、長々とねちっこい授業は生徒たちに嫌われていた。それは授業だけでなく夜も変わらずで、一度行為に及べばなかなか終わらないことを聖は知っている。生徒に対して高慢な態度をとり、聖が発情期に入ったと知れば、予約を無視して聖を犯したこともある。そんな男が――冷や汗を浮かべながら深々と頭を下げているのだ。

「申し訳ありませんでした！　そ、その……協会への報告が遅れてしまったのは、理事長に命じられていたからで……我々は、時田くんのことをすぐに報告しようとしていたのです」

「報告……僕、を……?」

ベータでも稀に発情すると語っていた者が、今は言い訳をしている。保護協会や報告といった単語が出てくることから、リュウとトラの話は正しく、教師たちは嘘を教えていたのだと認めているようだった。それは自分がベータだと信じていた聖を打ち砕くものである。

騙《だま》されていたのだと思えば慌《あわ》ただしく回る舌も疑わしい。彼が語っているのは保身のために都合よく整えた嘘ではないのか。

今度は副理事がリュウに寄った。この副理事だって同じだ。聖の噂を聞きつけた彼は理事会役員が揃《そろ》う中に呼び出し、皆の前で聖を犯し弄んだ。発情期によって淫猥《いんわい》に濡《ぬ》れた後孔を指でなぞり、刺激に悶《もだ》える聖を見下し嗤ったのだ。

「この学園が存続できるのも保護協会の、いや、カネシマグループのおかげです。もう二度と、期待を裏切るようなことはいたしませんので、これからもご贔屓《ひいき》を――」

互いの立場を守るべく、ぺこぺこと頭を下げる教師と副理事を眺めていると、頭がしんと冷えていく。傷つきも絶望もしない。ただ、寂しいと思ってしまったのだ。だが再び求められれば、きっと望むままに肌を重ねるだろう。そんな自分自身にも寂しいと感じる。

心が締めつけられる。これ以上教師たちを見ていたくないと視線を落とした時だった。

「黙れ」と、リュウの苛立《いらだ》った声が騒がしい場を鎮めた。

「これ以上の言い訳は無用。処遇については通告通りだ、変えるつもりはない」

「しかし――!」

食い下がる副理事に対し、今度はトラが立ち塞《ふさ》がった。緊張感に包まれた場だというのに、開口一番、からからと乾いた笑い声を響かせている。

「たかがベータのくせに、希少価値の高いオメガと仲良くしちゃって。言い訳なんかいらないよ、あのオメガ様とセックスしまくりましたって誇ればいいじゃん」

「そ、それは……私たちは……」

「嘘はやめようね。どうせバレているんだからさ。アルファのつもりになってオメガを犯した気分はどう？　いい夢が見られた？　滅多にヤれないから楽しかったでしょ？」

早口で責めたてながら、トラは終始笑顔を崩さなかった。答えに詰まる教師たちの反応を楽しみ、瞳を輝かせている。それは蜘蛛の巣に引っかかった虫がもがき苦しむのを眺めて笑う子供に似ていた。

「ねえ、オレに教えてよ。オメガのフェロモンにあてられた感想は？　理性が飛んでわからなかったとか？　アハハ、そんなことないよね、アルファやオメガのように荒々しい獣になれない、ただのベータなんだから」

トラも、リュウも。この教師たちが聖を抱いたことを知っているのだ。学園の様々な人間を相手にしていたことはともかく、まさか個人も特定したのだろうか。聖が眠っている間に、いやその前かもしれない。彼らはどこまで調べ尽くしたのだろう。

すべて見透かされている。それは羞恥心《しゅうちしん》よりも、恐怖を生み出す。聖の足元からぞわぞわと、感情が大口を開けた蛇《へび》になって呑みこもうと嗤っているのだ。

「……トラ、もういい」

リュウが長くため息をついて、トラを制す。その頃にはもう教師たちは逃げるように顔を背けて、何も言わなくなっていた。

「連絡事項があれば書面で送れ。口頭での弁解は必要ない」

立ち竦《すく》む教師たちをまるで汚物のように冷たく見下ろし、リュウは「行くぞ」とトラと聖を呼び、学園の中へと入っていく。

「何だ、もっとお話がしたかったのにね——さ、オレたちも行かなきゃ。あんたを寮に送り届けないと」

ぽん、と肩を叩《たた》かれて、聖の足先に血液が巡る。

聖をがっぽりと包みこんでいた恐怖は、歩きだしたリュウとトラが連れていってしまったのだ。竦んでいた足も動かせるようになり、聖も一歩を踏み出した。


それから三人の間に会話はなかった。去り際に何か言い残すこともなく、寮の前に到着したところでリュウとトラは早々に引きあげ、別れはあっさりしていた。

二人が去っても感慨に耽《ふけ》る間はない。寮に入るやいなや、玄関で待っていたのは信清だった。

「おかえり。話聞いたぞ、大丈夫か？」

聖が戻ると聞いて待っていたのだろう。玄関ホールのソファから立ち上がり、駆け寄ってくる。

リュウやトラのものとは異なる穏やかな瞳に見つめられ、肩の力が抜ける。ほんの数日会えなかっただけだというのに懐かしさを感じ、聖はふわりと微笑んだ。

「少し疲れたけど大丈夫だよ」

「よかった。聖が倒れて入院したと聞いて心配していたんだ」

「倒れて……入院……」

聖が不在の間、生徒たちにはそのように伝えられていたのだろう。正しくは保護、いや拉致に近いのだが、玄関で長々と説明する気にはなれなかった。

「ところで信清、ここにいていいの？　もう授業が始まる頃じゃ――」

「遅刻許可を取ったんだ。授業よりも聖の無事を確かめたかったから」

「僕のせいで迷惑をかけたね……ごめん」

「謝らなくていいよ、俺が決めたことだから。さあ、部屋に戻ろう。病みあがりなんだから、今日はゆっくり休んだ方がいい」

生徒のいない静かな玄関ホールに二人分の足音だけが響く。聖が体調不良だと信じている信清の足音はいつもよりゆっくりで、申し訳なさを抱えながら自室へ向かった。

見慣れたベッドに寝転がると、張りつめていた気が緩み、途端に疲労が襲いかかる。薬で発情を抑えたとはいえ独特の倦怠感《けんたいかん》は残っていて、授業に出る元気はなかった。

「……信清」

聖を気遣い、部屋を出ていこうとした背を呼び止める。

「どうした？　もう少しここにいるか」

「……うん」

信清はにっこりと微笑み、向かいにある彼のベッドに座った。

部屋に誰かの気配がある。それも、幼い頃から共に過ごしてきた信清なのだ。疲労で枯れそうな身体に癒《い》やしの水を落とすように心が安らぎ、唇《くちびる》が緩む。その隙間《すきま》から、ぽろりと、思考がこぼれ落ちた。

「五歳の春に、父様から言われたんだ」

それは一生忘れることのできない呪いの言葉。時折ふわりと浮かびあがっては聖を蝕《むしば》むもの。思い出すたび戒《いまし》めのように口にしているため、長く共にいる信清は何度も聞いてきたことだろう。しかしそのたびに遮ることなく聞いてくれる。それが聖の望むことなのだと、信清は察していたのかもしれない。

「兄たちのようにエリートの血を受け継ぐことができず、何の力もない性を持ってしまった。僕は出来損ないのベータなんだ」

「……そんなことないのにな」

「いいの、出来損ないのごみは捨てるしかないから。ベータだから父様に捨てられた、ベータだから仕方ない。そう言い聞かせてきた」

聖は両手を固く握りしめた後、ゆっくりと身体を起こした。これを他人に話していいのかはわからないが、信清には聞いてほしいと思った。

「僕、ベータじゃない。オメガらしい」

幼い頃から聖を蝕み続けてきた呪いの言葉が消えていくようだった。身体を締めつけていた太い鎖《くさり》が崩れ、残されたのは喪失感だけ。もっと早くにベータではないと知っていたら過去は変わったのだろうか。戸惑いが生じて、声が震える。

それを聞いた信清は、信じられないものを見るように目を丸くさせ、ぴたりと静止した。

二人の間がしんと静かになる。言葉を発さないだけでこれだけ部屋が冷えるのかと不思議になるほど。

「……オメガって、聖が？」

反芻《はんすう》するにしては十分すぎる時間をかけて、ようやく信清が動いた。静寂を破る問いに、聖は頷く。

「保護協会って人たちに言われたよ、僕はベータではなくオメガだって」

「聖は気づいていたのか？」

「ううん、ずっと僕はベータだと思っていたよ」

「でもベータも稀に発情するって授業で習っただろ。稀なベータなだけじゃないか？」

「発情するのはオメガだけだって教えてもらったんだ。あの授業は……たぶん嘘だった」

リュウとトラの話によれば、オメガである聖を囲うための嘘だった。聖だけでなく信清や他の生徒たちまで巻きこまれ、その話を信じている。二人の話をすぐに受け入れられなかった聖のように、生徒たちの認識を変えることは容易ではないだろう。

他の生徒たちは別としても、せめて信清には知っていてほしかった。リュウとトラに聞いた話や教師たちの言動を話すと、信清は困惑しながらも納得したようだった。

「それで、聖がオメガだとして。これからどうするんだ？　この学園はベータ専用だろ？」

「僕は……ここにいたい」

この学園を出てしまえば、帰る場所はない。オメガだとわかってもこの場所に縋りつくしかないのだ。

「発情を薬で抑えて、保護協会に監視されるけど、学園に残る許可はもらえたから。僕はここにいるよ」

「そっか。色々と大変そうだな」

聖が残ると聞いて安心したのか、信清の表情が柔らかくなる。ベッドを降りて聖に近寄り、そっと肩に触れた。

「手伝えることがあれば言えよ。俺は聖の味方だから」

普段と変わらぬ微笑みは、性なんて関係ないのだと告げているようだった。手も、言葉も、その温度が心地よくて聖は「ありがとう」と答える。

「とりあえず、オメガって話は伏せておいた方がいいんだろうな。下手な噂になったらここにいられなくなるだろ？」

「うん。あまり騒がれたくはないかも」

「発情を薬で抑えるんだろ、今までそういう関係になったやつらはどうする？」

ちらりと信清の視線が動く。その先には、机の上に置いてある聖の手帳があった。

今まで発情期のたびに生徒や教師たちと肌を重ねてきたのだ。彼らは、また発情期が来る三ヶ月後に聖を抱こうと考えて、いつも通り予約を取りに来るはずだ。彼らに発情の抑制をどう説明すべきか。唸《うな》りながら真剣に考える信清とは逆に、聖は何も考えることができなかった。心に、説明のできない感情が引っかかっている。

「それは……考えておくよ」

もう少し自分と向き合う必要がある。疲れた頭ではその感情に名前を与えることができそうになかった。

「ああ、そうだな。戻ったばかりなのにあれこれ話してごめんな」

信清は立ち上がった。そろそろ最初の授業が終わる頃。許可を取っているとは言っていたが、あまり遅れては信清に迷惑がかかるだろう。引き留めることはしなかった。

「俺は授業に行くけど――薬、飲むの忘れるなよ」

「うん、大丈夫」

「聖は身体が弱いんだから。特に発情期の前後は体調を崩しやすいだろ、気をつけろよ」

聖が頷いたのを確認してから、信清は部屋を出ていった。

布団に潜りこんでいたが、眠気はやってこない。それどころか、無理に抑えられた発情の残《のこ》り香《が》が、孤独を見抜いて暴れだす。

また、注射の痕《あと》が、痛んだ。

監視役となったリュウとトラはいない。信清も教室に向かってしまい、残された一人の部屋は妙に広く、開放感があったのだ。自分しかいないのだからと言い訳をして欲情に屈し、布団の中に手を入れる。そして刺激を求めた寂しい自分自身に触れた。

発情期は必ず誰かと共にいて満たされていたので、期間以外に性欲を抱くことはなかった。それが今は異なり燻《くすぶ》ったまま。聖が選んだのは、しばらく忘れていた自慰だった。

硬くなりかけたそれを優しく握って上下に動かせば、薄い皮膚《ひふ》の奥で血液が煮え立つのがわかる。

隆起した血管をなぞるように手で扱《しご》き、男にしてはやや小振りなそれが、摩擦による刺激で反応して身を震わせた。

「っふ……もっと……」

それでも足りない。自慰で得られる刺激は、他人に弄ばれた時の快楽と異なる。突如雷《かみなり》が落ちるような予測不可なものではない。どんな風に弄《いじ》られ、どんな風に擦《こす》られたのか。思い返してみるもその時の興奮を生み出すことはできない。もう少しのところだというのに、熱の逃がし場所が見つからないのだ。

頭が、おかしくなりそうだった。目の前に望むものがあるのに、手が届かない焦れったさが思考を支配していく。

熱に浮かされ、残ったのはシンプルな感情。求められたい。聖を、身体を。激しく求められれば、きっと満たされるはずだから。その答えを見つけた時、聖は諦めて手を止めた。一人では達することのできない、何て寂しい身体なのだろう。

その瞳を濡らしたのが、抱えたままの熱か、それとも満たされない虚《むな》しさによるものか。結局わからないまま、聖は眠りについた。

＊＊＊

聖が学園に戻って数日後のことである。

オフィスビルの最上階。幹部や秘書といった限られた人しか入室できないリュウ専用の部屋に、茶封筒を手にしたトラがやってきた。

「リュウ。面白いデータが手に入ったよ」

ニタニタと笑みを浮かべるトラは、終日内勤の予定に気を抜いているのか、胸元の大きく開いたUネックのシャツを着て水色のカーディガンを羽織っている。パンツも爽やかなオフホワイトと、ここがオフィスビルだと思えないラフな格好をしていた。

その姿を見るなり眉《まゆ》をひそめたリュウだったが、トラの奇抜な服装には慣れているので何も言わない。

ここにトラよりも立場が上の人間がいたのなら注意の一つでもしたのかもしれない。だが、そんな人間がいるとしたら、カネシマグループの会長である二人の父だけだ。その父も今は籍を置いているだけで、実際は隠居生活である。つまり誰も、トラに注意できる者はいないのだ。

「俺は忙しい。くだらない話は後にしろ」

一瞥した後、仕事に戻る。デスクに溜まった書類の山を睨みつけ、頭からトラを追い払った。

それでもトラは引かない。来客対応用の応接ソファにどっかりと寝転んで長期戦の構えを取った。

「くだらない話なんかじゃないよ。お仕事よりもサイコーに面白い話だよ。聞かないなら、オレが独り占《ひと》めしちゃうけどいいのかな」

「……内容は手短に言え」

「保護協会のオシゴト。こないだ保護した時田聖ちゃんのお話」

聞いた瞬間、リュウの手がぴたりと止まった。わざとらしく掲げられた茶封筒に視線が向く。

「調査結果が出たよ。あの子、やっぱり他のオメガに比べて、濃厚なフェロモンを放っちゃうみたい」

「それは知ってる。俺もお前も、嫌ってほど実感しただろ。あの場所で」

リュウは立ち上がり、トラの対面に設置された応接ソファに腰掛けた。ポケットからシガレットケースを取り出し、細身のたばこを一本手にする。

「……あの時は、事前に抑制剤を打って正解だった」

カチン、と小気味よい金属の音が響く。ジッポライターに火が点《とも》り、握りしめる指先がほんのりと熱い。

「発情したオメガに共鳴し、アルファの欲が目覚める。ヒート、それがアルファの発情——抑制剤を打っていなかったら、燃えちゃっていたかもしれない?」

たばこに火が点《つ》いたところで、熱を纏っていたジッポライターの蓋《ふた》を閉じる。

一度点いた熱はなかなか消えない。もう燃えてはいないのに、温かいジッポライターはそれによく似ているのだ。口に含んだ紫煙《しえん》を吐き出し、リュウは答える。

「抑制剤を打っても理性を保つのがやっとだった。薬がなかったら、あいつを犯していたのは俺だったのかもしれないな」

「オニイサマは野蛮人だねえ」

「お前は違うのか?」

手にしていた茶封筒をテーブルに置きながら、トラが真剣な声色で答えた。

「あの場に乗りこんだのがオレ一人じゃなくて、リュウと一緒でよかったよ。抑制しているはずなのに、頭がおかしくなりそうだった。こんなの初めてだね」

「より強力なヒート抑制剤の開発が必要だな」

「賛成。じゃないとオレ、アラサーなのにお猿さんになっちゃいそう」

あの日、抑制剤を打つと決めたのはリュウだった。

羽流学園にオメガの生徒がいる。その情報が保護協会に届いたことから調査のために二人で出向いたのだが、学園敷地内に入って異変に気づいた。

身体が熱く、痺《しび》れるような錯覚。スラックスの下で眠りにつくものを無理矢理呼び起こし、意識していなければ血が煮え滾《たぎ》ってしまいそうだった。

オメガのフェロモンに反応したヒートだ。理性を保つため、すぐにヒート抑制剤を注射したのだ。このヒート抑制剤は何度も使用したことがある。薬が効かなかったことはこれまで一度もなかったが、あの日初めてこの薬を疑った。

フェロモンの発生源である聖を見た時。リュウは自身が薄氷《はくひょう》の上に立っているのだと知った。ぴしぴしと音がしてひびが入り、今にも崩れ落ちそうな場所。生徒に手を出す理事長の姿を軽蔑《けいべつ》しながら、しかしこの薄氷が割れてしまえば自分も同じ状態になってしまうのだろう。隣に目をやれば、トラの表情も強ばっていた。

それを思い出しながら、茶封筒を取る。そこには、時田聖に関する様々なデータが記されていた。

「オメガって、不思議だよね」

リュウが資料を読んでいようがお構いなしに、トラが呟いた。

「抱きしめたら折れてしまいそうな細い身体つきに、眺めていたくなる愛らしい顔。あの白い肌はキスマークをつけたらしばらく残りそう。セックスのために生まれてきたって感じがする」

「保護協会に所属するやつの台詞《せりふ》と思えないな」

「だって本当じゃん。オメガってアルファの子を産むための道具でしょ」

資料の紙を捲る一瞬、ちらりとトラを窺《うかが》う。だらりと寝転んでいるはずなのに、緩みきっていない顔。リュウを試すような鋭い瞳を向けていた。

「……さあな」

「あれ、答えてくれないんだね。まあいいけど」

望みの反応がなかったからか、不貞腐《ふてくさ》れたトラがため息を吐く。

「あの子。今まで散々ヤりまくって一度も妊娠しなかったのは、どうしてだろうね」

先日の会話を思い出す。聖は『愛がないから』と言っていたが、それは非科学的すぎる。リュウもトラも、それを信じてはいない。

「身体、生殖機能に異常はなし。一般的なオメガと異なる部分があるとすれば、発情期の放出フェロモンが倍以上あるということだけ……か。あいつが妊娠しなかったのには、他の理由があるだろうな」

「もう一回調べてみるしかないね。それでも原因がわからなかったら、あの子の言う通り

『愛』が足りないからなのかも」

　茶化すのではなく真面目な調子で語るものだから、リュウは「それはない」と失笑した。

「愛なんて存在しない、あいつが言った愛だのは非現実にすぎない。そんなものがなくたってオメガは孕《はら》む。お前も散々見てきただろ」

　リュウもトラも、二つの顔を持っている。二人の上着には金色のバッジが二つ付いている。一つは、カネシマグループ株式会社のロゴが入ったバッジだ。

　カネシマグループは、製薬、銀行、通信、製造と幅広い分野において成功を収め続ける大手企業だ。世襲制のためトップは金嶋家の者と決まっているが、戦後すぐからその名を上げ続け、カネシマの社員になることができれば将来安泰と言われるほどである。リュウもトラも、金嶋家の者であり、現在は二人とも副社長の地位が与えられている。

　このカネシマグループは慈善事業に注力している。資金だけでなく、統括のためにカネシマグループの人間をその慈善事業に関わらせるのだ。それが彼らに与えられたもう一つのバッジ——オメガ保護協会。

　犯罪に巻きこまれることが多い希少なオメガを守るために作られた協会である。オメガとして覚醒した者はこの協会に登録され、状況によっては保護や保護特区への移送が行われる。二人はオメガ保護協会の役員として活動し、時には現地に向かった。そうして何人ものオメガを見てきたのだ。

「愛なんてまやかしに縛られてしまえば、いつか心が削れていく。だから早く、あいつにオメガとして生きる術《すべ》を身につけさせなければならない。放っておけば、あいつは不幸せな道を選んでしまうだろう。オメガは不幸な生き物だからな」

「……不幸な生き物？」

トラの眉がぴくりと跳ねた。テーブルを挟んで向かい合わせだというのに、背筋に銃口を突きつけるような張りつめた声色で訊く。

リュウはにたりと口角を上げてそれに答えた。資料をテーブルに戻し、トラを睨みつけて挑発する。

「ああ、そうだ――お前が、一番よく知っているじゃないか」

これが引き金となった。トラは「ははっ、そうだね、そうだった」と笑った後、身を起こす。立ち上がるまでの所作は残像でも残りそうなほどゆったりしたもので、力なくだらりと垂れた肩や気だるげに傾けた首は、天井から糸で操られている人形に似ていた。

空気が、変わったのだ。部屋の温度が下がり、一歩ずつトラがリュウに近づいていっても、音は聞こえない。

二人の間に漂う緊張感。常人であれば屈してしまうだろう威圧の中でも、リュウは微動だにしない。じいと座ったままでトラを見るその様は、小物だと嗤っているようだった。

「あんたのそういうところ好きだよ。強者のふりをして講釈《こうしゃく》垂れ流して、それでオレを従えてるつもりなのかな。ねえ、お望みならいくらでもお兄ちゃんって呼んであげるよ」

「お兄ちゃん？　やめろ、気色悪い。スペアの分際で、俺より上に立てると思うなよ」

手を伸ばせば襟《えり》を掴むことも可能な近さで、龍虎それぞれの見えない牙《きば》がぶつかり合っている。睨み合う二人の様子は兄弟喧嘩の枠を超えていた。

トラが手を伸ばしたが、リュウは動かない。振り払うこともせず、やすやすと自らの首を撫でられる。

「もう一度、痕をつけてあげようか。今度は簡単に消えない痣《あざ》にしてあげる。大丈夫だよ、あんたがいなくなってもスペアがいるんだから」

親指が、喉仏《のどぼとけ》の真上でぴたりと止まる。軽く押さえる程度で息苦しさはないものの、このまま いつ首を絞められてもおかしくない状況だ。

だというのに。リュウはにたりと笑った。そして同じように、トラの首に手を伸ばす。

「お前は偽物だ。けして本物にはなれない——お前を殺してやりたいよ」

「奇遇だね、お兄ちゃん。オレもあんたを殺したい」

瞳に宿る真剣な色は、これが冗談や遊びではないのだと物語っている。そのまま黙り、互いの首を掴んだまま。少しでも物音がすればいつでも相手の喉を潰《つぶ》してやると殺気立っていた。

和らいだのはそれからまもなくである。トラの鋭い眼光が数度の瞬きを経て、普段通りのものに戻った。

「殺してやりたいね、あんたを」

不機嫌は残ったまま、トラは対面のソファへ戻っていく。それを目で追いながら、リュウも長いため息をついた。

「俺もだよ。お前を殺した記念日には最高級ワインを取り寄せると決めている」

「うわ。何それ、オレも飲みたい」

「死んだやつは酒を飲めないだろ」

「じゃあリュウを殺した記念日にワインで祝おう。そうすればオレが飲めるから」

緊迫した空気が緩んでいく。物騒な単語が交ざるものの、普段と同じ明るい会話に戻っていた。

「聖ちゃんも——って、あの子は飲めないね。学生だった」

本題である聖の名が出たことで思い出したのか、リュウの視線がテーブルに並べた資料に落ちる。

「……時田聖、か」

オメガ特有の線の細さを持ち、人形のように白く美しい男。儚げなのは外見だけではない。求めているからと理由をつけて様々な相手と肌を重ねる。まるで、いつ千切れてもおかしくない細い紐だ。

保護協会の者として、保護対象とは深く関わらないと徹底していたが——今回は難しいケースである。

「次の発情は七月頭……か。それまでには抑制剤を渡した方がいいだろうな」

「オレ、もう一回調べてみるよ。愛がないと妊娠しないって発言、どうしても引っかかるんだよね。妊娠せずに遊び回ったオメガで身体に異常なし……なーんか嫌な予感がする」

「お前の勘は当たるからな。あとこれも調べておくか」

テーブルに広げた資料の一部を、リュウの指先がこつこつと叩いて示す。

「……『時田』つまり聖ちゃんの家柄調査か」

時田の名を呟いた後、トラの顔がかすかに曇った。思い浮かべているものがあるのだろう。

「まさか……ね。面倒なことにならないといいけど」

リュウは二本目のたばこを取り出して、火を点けた。返答代わりに吐き出した煙は白く、独特のメンソールの香りがする。室内に充満した煙はなかなか消えず、濁った部屋の空気は今後の行き先を示しているようだった。

＊＊＊

体調も回復し、聖は普段通りの生活に戻った。

聖がオメガということを信清には明かしたが、他の生徒たちには伏せることにした。ここがベータ専用の学園であることに配慮した選択だ。

陰で保護協会が動いたのか一部の教師たちは見かけなくなり、残った者は聖を特別視するようになった。まさに腫《は》れものに触れるような扱いである。

「今日も元気がないな」

昼食を前にして手を付けずにいる聖に声をかけたのは信清だった。

「ちゃんと眠れているのか？」

「……うん。大丈夫だよ」

「ならいいけど。ちゃんと飯は食べろよ、ぜんぜん食べてないだろ」

隣に座る信清の食事は終わろうとしていたが、聖は食べることすら忘れていた。この席についてから物思いに耽り、食事どころか周囲の様子さえ気づいていなかった。それほど聖を悩ませるもの。それは自らがオメガだと知った日から始まった変化が原因だ。

信清を心配させまいと、サンドイッチを一口かじる。瑞々《みずみず》しいレタスが歯切れのよい音を立てて割れた。

「……冷たい」

パンもハムもレタスも、どれも口中を冷やすだけ。物足りなさに呟いたのを信清は聞き逃さなかった。

「そりゃ、サンドイッチなんだから冷たいだろ。温かいものが食べたかったのか？」

「……たぶん」

そう答えながら、どんな温かい食べ物でも、この物足りなさを埋めることはできないのだろうと考えていた。求めているのは、口も身体も焦《こ》がしてしまうほどの熱なのだ。

抑制剤を使って発情を抑えてしまったため、学園に戻ってから、生徒や教師が聖に引き寄せられることはなかった。抱かれることがなくなれば中途半端に燻る欲情は自分で処理するしかないのだが、他人から受ける刺激に慣れてしまった身体は自慰行為に満足してくれない。こうして不完全燃焼の日々が続いていた。

「顔色が悪いぞ」

「……っ！」

ふわり、と信清の指が聖の頬を撫でた。欲のない、確かめるためのもの。

刺激と呼ぶには程遠い、優しさだけを詰めこんだ指先だというのに、今の聖には十分すぎるものだった。なぞった跡が、ぼうっと蕩けていく。

「……っと、ごめん。急に触ったから驚かせたな」

「だ、大丈夫だよ」

「ここ最近の聖を、見ていると辛いよ。肌も荒れているし、元気がない。いつも苦しそうで――我慢してる、って感じがする」

信清の一言が胸に刺さる。隠そうとしてきたものに気づかれてしまっていたのかと、額に冷や汗が浮かんだ。

どう答えようかと悩んでいる間に、信清は再び語りだす。聖に向けられていた瞳が今度は食堂の壁へ。遠くの、まるで過去を見ているようだった。

「俺、まだ覚えているんだ。聖の身体が初めておかしくなった時のこと」

それは去年のこと。発情期を知った十七歳の夏だ。まだはっきりと頭に焼きついている。朝、目覚めた時から変化が始まっていた。身体が鈍く、起こすのも億劫《おっくう》なほど怠いのだ。最初は風邪かと思っていたが、ベッドフレームに腕がぶつかった瞬間に、それは異なるものだと知った。

触れた箇所から静電気のような痺れが走る、皮膚を通り抜けて骨へ、そして腕から全身へと伝わっていく。痛みはなく、むしろ心地よいとさえ感じる。だがその心地よさは一瞬で消え、後に残るのはひどい渇望《かつぼう》だ。膨張した聖自身は次の刺激を求めて滾る。

身体が敏感になっているのだ。そうなってしまえば日常生活を送ることも難しい。同室の信清に助けを借りて教室に向かったものの、授業に集中することはできなかった。

「授業中も苦しそうだったから心配だったんだ。その後、保健室に行ったけど聖はなかなか帰ってこないから、様子を見に行こうと思って……」

その先を言わなかったが、聖には伝わった。

信清は見てしまったのだ――養護教諭に犯される聖の姿を。あの時の驚愕《きょうがく》した信清の表情は聖も忘れることができない。

「先生を呼ぶとか警察に通報するとか、聖を守る方法をとにかく考えたよ」

「……うん」

「でも、俺は何もしなかった。気づいたんだ」

雄《おす》の臭《にお》いと乱れた制服。聖が抵抗した痕跡として保健室の様々な備品が床に散らばり酷い惨状だった。

そして。

部屋の中央で獣のように床に手をつく聖は――立ち竦む信清に向けて微笑んだ。

「これで聖は楽になったのかもしれないって。我慢してきたものを吐き出して、幸せそうな顔をしていたから、俺は止めることができなかったんだ」

「信清……」

「俺は、聖の一番の理解者でありたいと思ってる。だから、傷ついて苦しそうにしているのは嫌なんだ。人としては最低の選択なのかもしれないけど、それで楽になれるのなら間違いじゃないってね。でも最近の聖は違うんだ。あの時と同じで苦しそうな顔をしている」

信清への感謝で、聖の涙腺《るいせん》が緩む。

信清と聖が肌を重ねたことは一度もない。欲望のために身体を求めるのではなく、聖のためを思って寄り添い、どんな時でも見守っているのだ。そんな優しい男に心配をかけてしまっているのだと、胸が締めつけられる。

「聖が辛いなら無理しなくてもいいと思うんだ。セックスして楽になるのなら、すればいい。抑制剤だって、飲んだふりをすればいい」

「……でも、保護協会の人たちを騙すことになる」

「少しくらいずるく生きてもいいんだよ。聖は真面目すぎるから……たまには嘘をついたっていいんだ」

和ませようと微笑んだ後、信清は慌てて「でも俺に嘘をつかれたら寂しいな」と付け加えた。それにつられて、聖の表情も和らぐ。

「よし、少し元気になったみたいだな。じゃ、俺は先に食器を下げてくるから」

話している間に食べ終わっていたらしく、空のトレーを持って信清が立ち上がった。その背を見送りながら、先ほどの信清の言葉を思い出す。

抑制剤を飲まない。それはリュウとトラを騙すことになる。

聖よりも年上で経験豊富であろう彼らを騙せる自信はない。だが、そうしなければこの身に宿った熱は消えないのだ。

＊＊＊

禁欲生活だなんていつ以来だろうか、と考えたくなる。日付を見れば、カレンダーを捲った枚数の分だけ、一人で達することのできない清らかな身体を誉められている気がした。

そんな五月の半ば。午前の授業が終わり、昼食を取るべく食堂へ向かう途中で生徒たちがざわついていた。

「見ろよ、先生たちが並んでるぞ」

「理事会の人かな？　あんまり見ない顔だ」

全寮制の羽流学園は閉鎖的な場所だ。学園の外に出る機会はほぼなく、逆に外部の人間を迎えることも珍しい。若い女性が来ようものなら、生徒たちはお祭りのように騒ぐこともある。

職員玄関を見下ろせる廊下の窓に集まって騒ぐ生徒たちを遠くから眺めていると、隣を歩いていた信清がぽつりと呟いた。

「お客様が来ているのかな。今日は一段と騒がしいね」

そして「俺たちも見てみるか」と聖の手を引いた。来客に対してそこまで興味はなかったが、引っ張られるままに外の様子を覗きこむ。

見下ろすは一階の職員玄関前。そこには学年主任や副理事を含めて何人もの教師や理事会職員が並んでいた。皆、玄関前に一列に並び、来客を出迎えている。

彼らに出迎えられ、颯爽《さっそう》と歩くのは二人の男性。それは聖にとって覚えのある姿だった。

「……リュウさんと、トラさんだ」

ぽつり、と漏《も》れたその名を聞いたのは近くにいる信清だけで、他の生徒たちには聞こえていない。

「知り合いか？」

「うん。前に話した保護協会の人たちだよ」

聞くなり信清は「あの人たちか」と言って、再び視線を窓に移した。

リュウは以前と変わらず、スーツをきっちりと着こなしている。その隣にはトラもいた。トラもスーツを着ていたが、リュウに比べれば綺麗に着ているとは言い難い。シャツやネクタイが緩んでいるのが遠くからでもわかった。

教師たちに仰々しく出迎えられ、それが学園で見かけないスーツを着た男たちとなれば生徒たちが騒ぐのも当然だ。

その中で、聖だけは違っていた。川底に張りついた泥を無理矢理かき混ぜるように、日常に放りこまれた波紋。

リュウとトラがやってきた理由は、やはり聖なのだろうか。浮かぶ疑問に追いつめられて、頭の中がごちゃごちゃになっていた。

「……保護協会ってさ、」

それは信清も、なのかもしれない。喋りだした信清を見やれば、彼も聖と同じく、表情に影が差していた。

「アルファの人だらけ、なんだろ？」

この世に存在する性の中でも、トップに君臨するのがアルファだ。簡単に言えば支配者、エリートである。エリートと言われれば確かに、教師たちに出迎えられ堂々としている二人にその名称はよく似合うが、本当にアルファなのかはわからない。彼らから直接聞いたわけでもないのだ。

「聖は、アルファが羨ましくないのか？」

「どうだろ……羨ましいとか、欲しいとか、そういう気持ちがよくわからないんだ」

「そっか……聖らしいな」

信清はアルファに羨望《せんぼう》を抱いているのだろうか。気になるも訊くことはできなかった。先に信清が口を開く。

「アルファってさ。独特のオーラもあるけど、アッチの方もすごいんだろ」

「アッチの方？」

それはどこの方角だろう。と首を傾《かし》げていると、信清は照れながらその意味を教えてくれた。

ぼそぼそと小声で喋ることから、周囲を気にしているのだろう。

「噂だけど。アルファって、性欲がすごいんだってさ。獣のような荒々しさで、一度でも抱いた人を虜《とりこ》にしちゃうとか何とか」

「そ、そうなんだ……詳しいね……」

アッチの方とやらが、こんな話だったとは。どう反応すべきか困り、複雑な表情を浮かべていると、信清が慌てながら言い訳をした。

「ち、違うから！　噂で聞いただけ！　それに男としては……やっぱ憧《あこが》れちゃうだろ。だからそんな目で見ないでくれ！」

この年齢の男ならば、そういったものに憧れるのだろうか。この話を聞いてもアルファに憧れのない聖が、異質なものに思えてしまう。置いてけぼりを食らった寂しい気持ちを隠し、信清を宥めるように笑った。

「大丈夫だよ。軽蔑なんかしていないから」

「よかった。距離置かれたらどうしようかと思った」

信清が安堵《あんど》の息を吐いた。

その間に、職員玄関は静かになっていた。リュウとトラは校舎内に入ったようだ。出迎えの教師たちもいなくなったことで、廊下に集まっていた生徒たちも散っていく。

聖も食堂へ向かおうと歩きだそうとしたが、信清が引き留めた。

「もしも保護協会の人たちがアルファなら——気をつけた方がいい」

いつもよりトーンを下げ、噛みしめるように。真剣なのだと伝わる声色だった。

「アルファの人間は、聖を傷つける」

「僕を？　どうして」

「アルファの特徴は、エリート様で、獣みたいな性欲。でも、それだけじゃないんだ。彼らはオメガを『縛る』ことができるから」

「縛るって——」

一体どういうことなのか。その理由を訊こうとしたが、校内放送に遮られた。

『三年、時田聖くん。至急職員室に来てください』

信清の言葉は気になったが、呼び出しを無視するわけにはいかない。

「ごめんね。行ってくるよ」

気乗りはしないけど、と肩を竦める仕草をして、聖は職員室に向けて歩きだした。

聖が職員室に入ると教師たちの視線が集まる。緊張感から空気は重たく、教室の一人が固い顔をして声をかけた。

「時田くん。お客様が来ているよ。応接室でお待ちだから、すぐに向かってくれ」

まるで聖は異物のようだった。職員室中が固唾《かたず》を呑んで聖の行動を注視している。彼らが怯えているのは聖に対してではなく、おそらくその後ろにちらつく保護協会なのだろう。

「わかりました」

この息苦しい場所に長居したくない。淡々と返事をし、応接室に向かう。

応接室は職員室の隣。豪華なソファとテーブルがある部屋だ。普段なら来客面会の時しか使われない場所だけれど、聖はこの部屋をよく知っている。

発情期に何度も呼び出されていたからだ。だが、保護されてからこの部屋に入ることはなかった。わずか一ヶ月程度だというのに、久しぶりな気がした。

「失礼します」

ドアをノックする。この先に二人がいることを思うと、緊張して声が震えた。

返答はなかったが、室内に入る。

来客用の三人掛けソファに二人が座っていた。真ん中を空けてそれぞれの端に一人ずつ。長い脚を組んで背もたれに身を預けるトラと、どっかりと脚を開いて座るリュウ。

この部屋が自室であるかのように振る舞う二人を見た瞬間、聖の心臓が一際大きく、どくりと跳ねた。目は離せず、足は床に縫いつけられたように動かないのだ。

「久しぶり、聖ちゃん」

ぽかん、と立ち尽くす聖にトラが声をかけた。そして対面の空いたソファを指さす。座れと伝えたいのだろう。長い話になるのかもしれない。覚悟を決めて聖もソファに腰を下ろした。

「お二人に会うのは四月以来、ですね」

「そうだね……とはいえ、オレたちも仕事だからさ。あんたの知らない間に、ちょこちょこ来て様子を聞いていたんだよ。昼間だと大騒ぎになるだろうから、夜にね」

今日でさえ生徒たちが騒いでいたのだから、二人が昼にやってくれば聖にも噂は届くだろう。生徒たちが寮に戻った頃にやってきて、担任から話を聞いていたのだろうかと想像する。知らぬところで探りを入れられている、まったく不快な話だ。

「爛れた学生生活に戻るのかと思っていたが、素晴らしい禁欲生活じゃないか。驚いたよ」

「……セックスするのは、発情期中だけです」

監視しないでほしいとは言えない。せめてもの反抗として、リュウの言葉に嚙みつく。

聖の反論を聞くなり、リュウは「ククッ」と喉の奥で笑った。

「なるほど。お前が言った『求められる』というのは発情期限定か。哀れだな」

「こらこら。今日はそういう話じゃないんだって――抑制剤を渡しに来たんだ」

そう言って、トラは鞄から薬が入ったシートを取り出す。以前見た時と違う錠剤だ。

「この薬は発情期に入る前から飲み始めていた方がいいんだ。抑制効果が体内に蓄積されるからね。直前すぎると効果が出ないから、発情期の一ヶ月前がちょうどいいと思う」

次の予定は七月頭だ。この薬はもうすぐ飲み始めなければならないのだろう。

テーブルに置かれた抑制剤は、口に入れていいものかと疑いたくなるブルーグリーンの色をし、プラスチックの粒という表現がよく似合う。薬とは思えないデザインだった。

「……飲まないとだめですか？」

「飲まないと発情を抑えられない。保護特区に押しこまれたくなけりゃ、それを飲むしかないな」

　薬をじいと見つめたまま受け取ろうとしない聖に、トラが声をかけた。

「もしかして、副作用とか心配してる？」

「えっ……副作用があるんですか？」

「カネシマ印の薬だから安心して。でも、この薬を長期間使い続けると身体が慣れてしまって効かなくなるんだ」

　急に、この薬が恐ろしいものに見えてくる。耐性がついてしまえば、もっと強い薬を渡されるのだろうか。

「あと、抑制剤を飲んでいても、発情期間中に強い性的興奮を抱いてしまうと、抑制効果がなくなるからね。気をつけて」

　強い性的興奮、つまりそれは――聖が考えるよりも早く、リュウが言った。

「簡単にいえばセックスもオナニーも禁止だ。部屋のエロ本は処分しておけよ」

にたり、とその口元が緩む。中途半端な熱を秘めたまま苦しむ聖を見透かして嗤っているようだった。苛立ちと恥ずかしさがこみあげて、頬が熱くなる。

　薬を飲めば、保護特区送りはなくなって発情も抑えることができる。だが飲まなければ、一人では持て余してしまう熱を発散することができるのだ。

思い出すのは、信清との会話だ。飲んだふりをすれば、嘘をつけば——信清の声をした悪魔の囁《ささや》きが頭から消えない。溜めこんだ欲の、焦げつく温度を知っているだけに、この薬を遠ざけてしまいたいと考えてしまう。小指の爪よりも小さいブルーグリーンの粒に、あまりにも様々なものが詰まっていて。聖の瞳が揺れた。

聖が迷っていることに気づいたのか、トラが話を変えた。薬はテーブルの上に出したままだ。

「学校、懐かしいね。高校生だった時を思い出すよ」

「……よく言ったもんだ。ロクに学校も行かなかったくせに」

「学校には行ってたよ。ただ授業とか行事が面倒だっただけ。行事といえば、そろそろ体育祭だっけ？」

聖は頷いた。羽流学園の体育祭は六月末に行われる。運動が得意ではない聖にとっては苦痛の行事だ。炎天下のグラウンドに長時間いるのだと思うとうんざりする。

「いいな、夏って感じがする。オレ、見に来ちゃおうかな」

「トラさんは夏が好きなんですか？」

「好きだよ。海や花火……綺麗なものが多いからね。あと夏になれば露出の高い服装が多くなるから、それも理由」

ふふ、と笑って下唇を舐《な》める。異国混じりの整った顔つきで艶《つや》のある仕草をするものだから、目が合うだけで恥ずかしくなる。

咄嗟《とっさ》に俯いた聖に、リュウが言った。

「お前は？」

「僕……は、」

少し迷ってから、消えてしまいそうなほどか細い声量で答える。

「特に、どうとも思いません。季節もイベントも、何が好きなのかわからないんです」

「好きなものがないの？」

「……たぶん、そうです。よくわからないんです」

季節は巡るだけ。学校の行事も粛々《しゅくしゅく》と行われるだけ。興味を抱くことはなかった。面倒だとか騒がしいという感情はあっても、好きや嫌いの判断までは進めないのだ。

「夏休みで海に行くのが楽しみだとか、花火がしたいとか。そういうのは？」

「海も花火も……その……見たことがなくて」

聖にとって夏休みとは、ほとんどの生徒が帰省する中で静かな寮に籠もる、授業もない寂しい日々のことである。実家に帰りたいと思うことはなかったし、帰れと命じられることもなかった。信清の家に行く時は何度もあったが、信清やその家族に迷惑をかけたくないと常に気を遣うので心は休まらず、部屋に籠もることがほとんどだった。

初めて発情期が来てから、さらに外へ出なくなった。歩くのも億劫になるほど感覚が研ぎ澄まされる発情が、学園の外で起きてしまえばどうなるかわからない。性行為の相手だって見つかるかわからないのだ。それならば学園に残っていた方がいい。

聖が外の世界を知る機会は限られていた。だから海も花火も、存在は知っていても現物を見たことがなく、見てみたいと考えたこともなかった。

聖に向けられた二つの視線に哀れみの色が混じり、それ以上の質問はなかった。

「時間だな。行くぞ」

聖の言葉をきっかけに妙な空気となってしまった。用件は終わった、とリュウが立ち上がる。

「また来るよ。薬、ちゃんと飲んでね」

わかりましたと言えず、無言で聖は頷いた。

立ち上がって、応接室を出ていく二人を見送る。扉が開き、出ていこうとした時——リュウが振り返った。

「好きも嫌いもわからないのは——お前の『時田』が理由か?」

去り際の問いに不意をつかれ、聖は言葉に詰まる。数秒ほど迷っている間に、リュウは背を向けた。

「……また来る」

そう言って扉が閉まった。

応接室から二人の姿が消えて、残るのは聖のみ。テーブルの上に残された発情抑制剤を眺めると、薬に語りかけるように呟いた。

「僕は……あの二人を騙せるのかな」

＊＊＊

その日の夜。自室に戻った聖は、ベッドの上で寝転んでいた。夕食後は自由時間となり、普段であれば勉強しているところなのだが、昼間にリュウとトラに会った影響で考え事ばかりしてしまい勉強も手につかない。

はあ、と重いため息をつくと、勉強机に向かっていた信清が振り返った。

「今日は勉強しないのか？」

「うん。元気でない」

「カウンセラーが必要？」

「……ん」

信清は立ち上がって対面にあるベッドに腰掛け、「今日のカウンセラーは俺です。話聞くよ」と微笑んだ。

「……今日、薬をもらったんだ」

ポケットから抑制剤が入ったシートを取り出して信清に見せる。薄暗い寮のライトでも独特のブルーグリーンの色は目立つ。

聖の様子から察したのだろう、信清は「なるほど」と低い声で呟いた。

「保護協会の人たちに従って飲むか、飲まないか。それで悩んでいるのか」

「うん。本当は飲まなきゃいけない。じゃないと保護特区送りになる。だけど――」

一人ではどうすることもできない熱を逃がさなければ、狂ってしまいそうだ。

幼い頃から一緒にいた信清は、この熱のことも見通しているのだろう。出てきた声は聖の知る切なさに似ていた。

「辛そうな顔してる。俺は聖のことが大事だから。聖が苦しんでいるのを見たくない」

「僕は……どうしたら……」

「捨てていいんだよ」

ふわ、と心落ち着く匂《にお》いがした。それから温かい手のひらが頭に落ちて、ベッドの軋《きし》む音がする。聖に身を寄せた信清がもう一度囁いた。

「聖は変わらなくていいんだ。あの人たちの言うことなんて聞かなくていい」

「……僕は、あの二人を騙せるかな」

「大丈夫だよ」

にっこりと微笑む。不安の雲が渦巻く中、天から差しこむ一筋の光のように優しい。それが聖の背中を押した。

「聖は、今のままでいいんだから」

不安が、溶けていく。

ぬるい風呂に沈められ、呼吸も忘れてしまいそうな心地よさ。考えることをやめて、すべてを手放してしまいたくなる。

「俺は聖を助けてあげられないけど。でも、ずっと見守っているから」

だから、抑制剤なんて捨ててしまえばいい。信清の柔らかな瞳は、確かにそう告げていた。

「本当は抱きしめて『大丈夫』って言ってあげたいけど……それは今の聖を苦しめるだけ、だよな」

「……うん」

信清は従弟で、兄弟同然に育ってきた存在で——性行為の対象として考えたことはない。それは今までも、きっとこれからも。発情に狂わされても、同室の彼が無防備に寝ていても、ぶらさげた性欲は動かぬままだったのだ。

「信清……ありがとう」

消え入りそうな呟きは信清に届いただろうか。彼は振り返らず、勉強机へと戻っていく。

信清は、今どんな表情をしているのだろう。その姿にほんのわずかな切なさを感じ、聖はそれ以上考えるのをやめた。

そして、抑制剤を——手放した。

＊＊＊

「どう？　薬はちゃんと飲んでる？」

応接室にトラの声が響く。薬を受け取って以来の面会だ。数週間振りに見た二人は変わりなく、リュウは無愛想で、トラはだらけていた。

「飲んでいます」

嘘を、ついた。

仕草、視線、わずかな口元の動きにも気を張り、用意していた言葉を述べる。心臓はばくばくと急いてうるさく、二人との間に距離があることに感謝する。近くにいたら、この動揺に気づかれてしまったかもしれない。

「よかった。飲んでいるなら安心だね」

「そうだな。お前を保護特区送りにしなくてすむ」

その反応を聞いて、二人をうまく騙せたのだと、ひっそりと安堵する。反面、後ろめたさが引っかかって、胸が痛んだ。これが嘘の代償なのだろう。熱を手放すために与えられた罪が、ひどく重たい。

「そうそう。オレたち、体育祭を見に行くよ」

「え？　お仕事は——」

「このバカは体育祭が見たいからって、わざわざスケジュールを空けたんだ。俺も巻き添えでな」

「だって、ピチピチの男子高校生が体操服で走り回るんだよ。可愛いじゃん。オレ、カメラ持ってこようかな」

この二人が学園に来れば目立つ。生徒たちがざわつくのが容易に想像できる。

体育祭は六月末、発情期の予定は七月頭だ。ぎりぎり重ならないとはいえ、二人との接点を増やしたくはなかった。困惑する聖を置いて、リュウとトラの話は進む。

「トラ、盗撮はやめろ。問題事を増やすな」

「えー、オレの心配してくれるの？　オニイチャンったら優しいね。でも大丈夫、カネシマグループですって言えば大体は言うこと聞くから」

「じゃあ俺もカネシマの名前を出して通報させるよう脅してやるよ」

「リュウは体育祭来なくていいよ。オレだけ行くから」

黙ってやりとりを聞くばかりの聖に気づき、トラが微笑んだ。

「もうすぐだね、体育祭。楽しみだよ」

「そう……ですね」

楽しみだ、と嘘をつくことはできなかった。予想していなかった展開に、口元が強ばってうまく喋れない。

和やかな空気でさえ喉を通らない。

食欲がない時に似ている今の気分は、色にするならブルーグリーン。奇しくもあの日捨てた抑制剤と同じ、不機嫌な色をしていた。

＊＊＊

雨を願い続けたものの、体育祭当日は雲一つない良い天気で、雨の気配はまったくない。願いは叶わなかったのだ。

「……あの二人は、来るのかな」

グラウンドに集合し、クラス別のテントに分かれる。各自出番となればテントから出ていくのだが、聖が出場する種目はまだ先だ。

日差しを遮るテントの下はグラウンドに比べれば過ごしやすいが、座っているだけでも汗をかく。タオルで汗を拭うが、それでも追いつかない。

「ほら、水。ちゃんと水分補給しておけよ」

「ひゃっ……冷たい」

これから騎馬戦に出るらしくハチマキを巻いた信清が、冷たいペットボトルを聖の首に押し当てた。

「今日は暑いから。熱中症にならないように気をつけて。それでなくても聖は身体が弱いんだから」

「うん、ありがとう」

「じゃ、行ってくる。立派な馬になってくるよ！」

信清は、騎馬戦に出ても土台部分、つまり馬を担当するらしい。その体格の良さでは担がれる側になるのは難しいだろう。

もらったペットボトルの蓋を開けて、飲む。冷たい水は口に含んだだけで、すぐに温くなった。

「……汗、ひかないな」

いくら水を飲んでも、汗が止まらない。足元から悪寒がぞくぞくと這い上がるのは暑さだけが原因ではない。信清の言う通りに熱中症になっているのかもしれない。気を抜けば、目が回ってしまいそうだ。

椅子に深く座りこんだまま。体調不良を忘れるべくグラウンドに目を向ける。この種目が終われば信清の出る騎馬戦だ——そこで、ぽん、と聖の肩に何かが当たった。

「おはよ、聖ちゃん」

肩を叩いたのはトラだった。その横にはリュウもいる。

「おはようございます。来たんですね」

「ああ、来ると言っただろう」

「オレもリュウも、このために仕事片づけてきたんだよ」

「普段からこのやる気を見せてほしいところだな。ところでお前はどの種目に出るんだ？」

体育祭のプログラムを持ったリュウに訊かれたものの、聖はすぐに答えなかった。というよりも答えたくなかった。運動が得意ではない聖が出る種目は、たった一つ。

「…………」

「ねえ、聞いてる？　あんたはどの種目に出るの？」

「……れ、です」

「聞こえないな。はっきり言え」

「……た、玉入れ……です……」

瞬間、リュウもトラも口角を上げた。表情豊かなトラはともかく、無愛想なリュウまで笑っている。

「アハハ！　男子高校生が玉入れなんて……おっかしい！」

「二人とも、笑わないでくださいっ」

「あーダメ。これ面白い。玉入れ……ふふっ、玉入れ……」

「悪かったな、まさか玉入れだとは……くくっ」

二人して笑い、特にトラはケタケタと大声で笑っているために目立つ。来客に気づいた生徒が騒ぎだしたところで、我に返ったのか、口元は緩んだままリュウが言った。

「俺たちは来賓席に戻る。何かあったら言ってくれ」

「玉入れ……ふふっ、アハハ！」

「トラ、戻るぞ」

腹を抱えたままのトラはリュウに引きずられるようにしてテントから出て行った。

玉入れの話をしただけでここまで笑われるとは。二人がいなくなった後、恥ずかしさがこみあげて頰が熱くなる。汗もぽたぽたと膝に落ちていく。

気持ちを落ち着かせるために長く息を吐くと、クラスメイトの一人が声をかけてきた。

「時田。さっきの人たちは知り合いか？」

「うん……僕の知り合いだよ」

オメガ保護協会ということは伏せて、簡潔に答えた。

「そっか。大人で格好いい人たちだな。俺もああなりたいよ」

「そう……かな。格好いい……のかな」

振る舞いは堂々としていて確かに格好いいのかもしれない。だがそれよりも、暑さにやられて目が回って気持ち悪い。このまま倒れてしまいそうだ。グラウンドではまだ騎馬戦の準備中で、聖が出場する玉入れはその先である。外にいるよりは、涼しい場所で身体を休めた方がいいだろう。

「……ちょっと、休んでくる」

クラスメイトに告げて、ふらりと立ち上がった。

保健室を目指して歩いたものの燦々《さんさん》と降り注ぐ太陽の光に屈し、使われていない倉庫の壁にもたれ掛かって座りこんだ。

テントからそこまで距離はないというのに身体は疲れていた。汗ばんだ肌は焼けそうな温度を持ち、身体が震える。強烈な喉の渇きにペットボトルの水を一口含んでみれば、舌は敏感で水の感触が生々しく伝わった。

これは熱中症なのだろうか――熱中症にしては異常すぎる身体の状態に嫌な想像が浮かぶ。

予定よりも早く、発情期が来たのかもしれない。今までにも何度か、予定時期からずれることがあった。

背後からクラスメイトの声がした。

「……時田」

聖の名を呼ぶ声に、別のものが含まれている。それは自らの状態を報《しら》せる艶《なま》めかしいものだ。

「な、に……？」

「追いかけてきてごめん！　で、でもその……今日のお前見てたら、我慢できなくて……」

高揚したその頬は、聖に反応していることを示している。予定よりも早く発情期に入ってしまったのだと確信した。

発情期に入ってしまえば日常生活も困難になるほど身体が敏感になる。今はまだ抑えられているが、時間が経てば体育祭に参加するどころではないだろう。散々溜めこんできた熱が、ようやく放たれようと暴れている。目の前にいるのは、何度もセックスをしたクラスメイトだ。

彼と、してしまえばいいのではないか。悪魔に唆《そそのか》され、聖はゆっくりと頷く。

「……うん、」

しよう、と言いかけた時だった。

ゆらり。太陽が沈んでしまったのかと思うほど大きな影が二つ。クラスメイトの背後から現れた。

「お前……」

影を見上げ、その正体を知り、降り注ぐ軽蔑の眼差しを受けてようやく。聖はこの状況に気づいた。

二人がいる。リュウとトラがいるのだ。

心臓を鷲掴《わしづか》みにされたように、固まって動けない。発情期に入ったばかりの身体はまだ正気を残していて、この状況が恐ろしいものだと認識している。

リュウは、怯え竦んでいるクラスメイトを睨みつけると、普段よりも低く、怒りを含んだ声で言った。

「失《う》せろ」

「ひっ……」

誰が見ても、リュウとトラが上位の存在だとわかる。年齢差だけではない、纏っている雰囲気の格が違うのだ。彼らに敵《かな》わないと悟ったクラスメイトは走り去っていく。聖と、聖を忌々《いまいま》しく睨みつける二人だけが残った。

「あんた、発情期に入ったよね？　薬、飲んでなかったんだ」

「ご……ごめんなさ……」

一歩、リュウが歩み寄る。

まさか殴られるのか。両目を強く瞑《つむ》って身を固くするも、リュウの手は聖ではなく、倉庫の扉を摑んでいた。

　鍵は、開いている。リュウが扉を開くと、しばらく誰も立ち入らなかったのだろう籠もった空気が外へ溢れ、積もった埃が舞い上がった。それと同時に聖の身体もふわりと浮く。

「なっ、何を……」

「黙ってろ」

　腰と膝裏に手を添えられ、リュウに抱えられていた。それは聖を気遣う優しいものではなく、道具を運ぶための乱雑なもの。

　庫内に入ると、使われていないマットの上で解放された。

「……抑制剤を使わなかったんだね」

　マットに身を預けたままの聖が聞いたのは、失望を交ぜたトラの呟き。

　聖を信じていたのだろう、それを裏切ってしまった。謝ろうとした聖だったが、それはできなかった。遮るようにリュウが覆い被さったのだ。

　今にも触れてしまいそうな、息遣いもはっきりとわかる距離。にやりと口元を緩ませながら、リュウが言う。

「使わなかった理由は、コレだろ？」

　するりと伸びた手が、聖の身体を撫でる。汗で張りついた体操服を、首からずるずると下まで。下着に隠れながらも身を硬くしようとしている聖自身にたどり着いたところで、指先が止まった。

「……っ！」

「犯されたかったんだろ——望み通りにしてやる」

甘い、花の香りがする。一度嗅いでしまえば痺れてしまうほどの。

一瞬。答えに悩んだ間を待つことなく、リュウに唇を塞がれた。

突然の口づけに慌てて唇を閉ざそうとするも遅く、隙間からぬるりとリュウの舌がねじこまれる。恋人がする甘いものと程遠い荒々しさは、捕食という名が相応しい。きっちりと合わせた歯列を舌先でなぞられ、くすぐったさに吐息が漏れた。

奪われていく。酸素を求めてしまうほど。苦しさに力が抜け、開いた隙間から入りこんだリュウの舌がいよいよ聖を捉えた。狭い口中を逃げても追いかけては絡み合う。そのたびに唾液が口端から伝い落ちる。溺《おぼ》れている、気がした。

「ね、オレもちゅーしたい」

トラの一言で、ようやくリュウから解放された。

だが完全な解放ではないのだと、トラの指先が語る。聖の顎を軽く持ち上げて覗くトラはにたりと怪しい笑みを浮かべていた。

「四つん這いになって。舌、出して」

学園の人間ではない彼らと、こんなことをしていいのか。かろうじて残った理性が警鐘を鳴らしている。それでも逃げられないのだ。冷えた眼差しが射抜くように聖を睨みつけている。抵抗はできなかった。

授業で使用されていたマットは柔《やわ》く、手足をついて身体を支えるには心許《こころもと》なかったが、逆らえずに膝をつき、言われた通りの体勢で舌を出す。

情けない。何て屈辱的なポーズなのだろう。だらしなく舌を伸ばす聖は降伏する犬と同じ。降り注ぐ視線が、聖の姿を嗤っていた。

「似合ってるよ、聖ちゃん」

犬にご褒美をあげるように、トラの舌が聖の舌先をつついた。そのまま、余すところなく舌を絡ませて制圧していく。

唇は触れていないのに、互いに舌を伸ばして絡ませている。その行為は聖の熱を目覚めさせるのに十分すぎた。荒い息が混ざり合い、どちらのものかわからなくなるたびに、下腹部へ血液が集う。

「……ぁ、」

ずるり、と太股《ふともも》を通り過ぎていく布の感覚。汗を吸いこんで重たくなっていたズボンと下着を脱がされ、臀部《でんぶ》が外気に晒された。不意の出来事に、吃驚《きっきょう》の声が漏れてしまった。

この体勢では秘部が丸見えになってしまう。脚を閉じようとしたが、聖の抵抗を予期していたリュウの腕が割りこんでいて閉じることができない。

視線を感じる。トラに舌を弄ばれている状態ではリュウの姿を確認することができず、剝《む》き出しの太股にかかる吐息しかわからない。羞恥心がこみあげて頬がより熱くなる。

リュウの指は後孔を通り過ぎ、脚の間で重力に逆らい主張する聖自身にたどり着いた。発情によって敏感になった男根は、キスだけでも興奮して身を硬くしていたのだ。それに直接触れられてしまえば、身体がびくりと跳ね上がる。

「あ、そこはっ……！」

「オメガの発情期ってのは恐ろしいな。犯されようとしているのに勃《た》ってやがる」

聖の反応を楽しんでいるのか、リュウの声音に興奮の色が混じっていた。

リュウの大きな手が、ぷるぷると震える聖自身を容易《たやす》く包み、誘うように根元から擦り上げる。薄皮に浮かぶ血管や流れる血も逃さず捕らえるように。だが先端までたどり着くと、指先は力を失い、離れていった。

何度も動いてはやめを繰り返す。その指先が優しすぎるものだから尚更、発情期の身体は刺激を求めてしまう。物足りなさに腰をくねらせながら聖が呟く。

「じ、焦らさな、いで」

「何だ？　どうしてほしいんだ」

「……気持ちよく、してほしいです……もっと扱いて……」

だがその懇願《こんがん》は鼻で笑われた。

「勘違いしないでね」

顎を持ち上げられ、トラと目が合う。

「オレたちはさ、あんたを求めてセックスしているんじゃないよ。あんたが気持ちいいとかよくないとか、そんなのどうでもいい」

学園の人間たちは聖を貴重品のように丁重に扱ってきた。自身の欲を満たす代わりに聖の欲も満たす、ギブアンドテイクの関係だった。

しかしリュウとトラは違う。彼らは自分が満たされればいいのだ。それを証明するように、隠すものもなく曝《さら》け出された後孔に違和感が走った。

「……く、あ、」

ほぐす優しさはない。まだきつい場所に指が二本ほどねじこまれ、痛みに聖の顔が歪む。

「い、たっ、痛い……」

「あんたはコッチ」

聖の鼻先に突きつけられたのは、大きく聳《そび》え立つトラの肉欲。大きさだけではなく、硬さも形も、どれを取っても聖を超えている。

まさか、これを咥《くわ》えろというのか。だがトラは、躊躇う聖の髪を容赦なく摑み、唇に押し当てた。

「歯を立てたら殺す」

冗談ではないのだと、地を這うように低い声でトラが脅《おど》した。諦めて舌を這わせれば、血管を歪《いびつ》に浮き上がらせた欲の塊《かたまり》は、雄の味がした。

舐めるだけの行為を焦れったく感じたのか、聖の頭を無理矢理に動かして口の中に収めていく。摑まれた髪の痛みと喉まで広がる苦しさに、目の端に涙がじわりと浮かんだ。

その間に、後孔に差しこまれた指が蠢く。しばらく使われていなかったため固く閉ざされていた後孔は、異物を押し返そうとリュウの指を締めあげていた。

その奥に、あと少し先に、擦ってほしい場所があるというのに。その部分はかすめるのみで届かないのがもどかしい。

「時田。いいことを教えてやる。お前が相手にしてきた学園のやつらはベータ。どこにでもいる普通の存在。獣にすらなれない半端者だ」

リュウがどんな話をしようとも、髪を摑まれて口いっぱいにトラの肉欲を咥えこんでいる聖は答えることができない。ふうふう、と荒い呼吸音が虚しく響いても、リュウもトラも行為をやめようとはしなかった。

これから先の行為に備え、淫口を広げるべく蠢く指先は、快楽よりも痛みを生む。

「俺たちはアルファだ。ベータとは違う、獣の衝動を秘めている」

ずぶ、と水中から起き上がるような音を立て、リュウの指が後孔から抜けていく。

何人もと肉体を繋ぎ合わせたからこそわかる、予感。次に襲いかかるものはとても大きく、身体が千切れてしまいそうなほど切ないもので――わかるからこそ悔しくなる。自分は道具として扱われているのに、勃ったままの自身は寂しげに刺激を求めてうち震えていた。これでは、ギブアンドテイクではない、一方的な性処理だ。

「これがアルファのセックスだ」

押し当てられたのは指とは比べものにならない質量を持ち、異常な熱を持つリュウの男性器。先端が当たるだけでも、その凶暴さが伝わってくる。まるでアルファが持つ性衝動を具現化したように。

この先に畏怖《いふ》し、息を呑んだ瞬間――苦痛が埋めこまれた。

「う、あ、あああ――――！」

労《いたわ》りなど微塵《みじん》もない。後孔から全身へ駆けていく苦痛。聖は背を丸め、言葉にならない悲鳴をあげてそれに耐える。

熱い。内臓から焦げていくようだった。粘膜がみちみちと異物に張りつき、前戯も潤滑油もない挿入によって、異物が棘《とげ》だらけの木杭に思えた。

「ひぅ、痛っ……もう、やめ、」

「おいおい、勘弁してくれ。挿《い》れただけだろ」

冷たい声が聞こえると共に、異物がずるりと引き抜かれる。完全に抜けてしまう直前——ずしり、と重たい衝撃が秘奥を叩いた。遮ろうとする内壁は押しのけられ、擦れた痛みに唇を噛む。ごめんなさいと浮かぶ叫びは声にすることもできなかった。

そして何度も。快楽とは程遠い苦痛を送りこむ。腰が打ちつけられるたびに、噛んだ唇の隙間から息が漏れた。

「ふ……あ……っ、」

「ちょっと！　オレも待っているんだから、早くしてよ」

「わかってる」

いつの間にか、聖の頭部は解放されていた。すっかり空いた口に再び、トラが自身を押しつける。

「こっちも忘れないでね。ちゃんと舐めないと、あんたが辛いだけだよ」

「——っ！」

この肌に触れているのはリュウだけではないのだ。リュウと同じく、アルファの優位性を示し野蛮に猛《たけ》る肉欲も、いずれ聖を貫くに違いない。その苦痛を減らすためならば、と恐る恐る舌を伸ばす。

「ああ……すごく上手。そう、しっかり濡らして」

舌全体を使って唾液をたっぷり絡ませれば、恍惚《こうこつ》とした吐息が聞こえた。

上から下から、別々に動き、貫かれる。道具として一方的に扱われる行為は、ベータとのセックスになかった。身体を引き裂き、骨の髄まで奪い尽くされるような、乱暴なもの。

これが獣の、アルファのセックスであるならば。こんなもの知りたくなかった。

触れられてもいないのに自身がびくびくと跳ねる。苦痛の中で、聖の性欲が煮え滾っているのだ。

触れて、ほしい。少しでもいいから、触れて。触って。

「あ、あっ、もう、だめ――」

後孔を犯す律動は速さを増し、堪《こら》えきれずか細い声をあげた。

聖の男性器からは限界を告げる透明な液体がじわじわと漏れ出ていた。突かれているだけで達してしまうなんて恥ずかしく、目を強く瞑って駆けあがろうとする熱を抑えこむ。

「やめ、てっ……あ、で、出ちゃう……っ！」

だが抵抗は無駄に終わった。今までよりも強く最奥を抉られた瞬間、放たれた熱い液体が放物線を描いた。マットに落ちていくそれは、禁欲の成果のように乳白色よりも黄色みがかってどろどろに濁っている。

「うわ、聖ちゃんって挿れられてイっちゃうんだ」

正面に位置するトラは、射精の様子をすべて見ていた。言葉にされてしまえば、恥ずかしさがこみあげ、顔を上げることすらできなくなる。そして――

「ひうっ!?　も、もうやめ……！　ぼ、ぼく……いっ、た、ばかりでっ！」

「関係ない」

聖が達しようがやまず、突かれ続ける秘奥。射精で疲れきった自身が反応し、再び血が集いだす。だが一度溢れてしまったばかりなのだ、まだ受け皿は完成していない。射精前よりも強い刺激に、悲鳴に似た声をあげてしまう。

「……っ。締めすぎだろ、お前、」

身体を貫くリュウの肉欲が膨らみ、切なげに呟く。

重たい体軀が聖の背にのし掛かる。聖の両肩を摑んで逃げ道を奪った後、抽送が激しさを増した。

「ほら……一番奥で、受け取れよ」

「んうっ――――！」

壊れてしまうのではないかと思うほど、奥で。強く押しつけられた肉欲が弾けた。

相手の精を受けとめた時の独特の違和感。液体が腹に溜まった感覚に、ようやく事が終わったのだと息を吐く。

しかしまだ異物は、体内にしっかりと残っていた。

「……ああ、これで、丁度いいな」

リュウの言葉は冷たく、聖に絶望を与えた。

昇りつめたはずなのに存在感のある塊。達しようが力を失わず、ゆるゆると淫肉の中を蠢いている。放ったばかりの精液が潤滑油となり、より淫猥になった水音が響く。

「な、んで……もう終わり、じゃ、」

「一回で満足すると思うなよ。言っただろ、これがアルファのセックスだ」

終わりだと、言ってほしいのに。こんな荒々しいものを、何度もぶつけられては――絶句する聖の耳元に、リュウの囁きが落ちる。

「お前が壊れるまで、犯し続けてやる」

そして再び、聖の身体を抱こうとした時だった。正面にいたはずのトラが、後ろに回っていた。

「ちょっと。オレもお楽しみしたいんだけど」

「……ハァ。何でお前がいるんだ」

どうやらリュウは、トラの威圧感に諦めたらしく恨《うら》み言《ごと》を残しながら、昂《たか》ぶりを引き抜く。精液を纏わせた熱が去っても淫口はぽかりと開いていた。外気を冷たく感じる。

「ト、トラさん……その、」

「ねえ、オレとリュウのどっちがイイか比べて」

まだひくひくと悶える後孔に、今度はトラの肉欲があてがわれる。

「久しぶりの深いヒートだからさ、出なくなるまで何発でもヤろうよ」

「も、もう――――うっ！」

散々広げられ、精に塗《まみ》れた後孔は抵抗なくトラを受け入れた。再び襲いかかる異物に、聖は悶える。

待たされていたからか、トラの男性器は硬く張り、弄られたばかりの粘膜をごりごりと擦りつけていく。

「んッ……聖ちゃん、すご……オレ、蕩けちゃいそ」

聖の意思を無視して、異物が理不尽に暴れだす。

熱を含んだ精液はかき混ぜられ、律動の激しさを示すように、結合部の縁からぽたぽたとこぼれ落ちた。そのたびに、倉庫内に雄の香りが染みこんでいく。

「オレとのセックスも覚えてよ。好きでしょ、アルファとヤるの」

「ひ、っ、もう……っ、こんなの、やだ、っ」

「違うでしょ、今は『気持ちいい』しか言っちゃだめ」

聖の細い腰を掴んでいるのに、打ちつける強さは聖を無視したものだった。淫肉をえぐられるたび、はしたない声をあげてしまう。視界がちかちかと明滅して、振り落とされてしまいそうだった。

「あーやば。これハマりそ……っ」

「次は俺だぞ。さっさと出して、代われ」

「いいじゃん、体育祭が終わるまで時間あるんだから」

セックスの最中とは思えない談笑が聞こえて、聖は顔を上げた。マットの端にリュウが腰掛けている。汗に濡れた髪と肌。まだ放ち足りないとばかりに肉欲は力強さを保っている。その瞳に、普段とは違う凶暴性が浮かんでいる気がした。それはリュウだけでなくトラの瞳にも、これに似た狂気が存在している。これが、アルファの性を持つ者たちなのか。

「だ、だめ……また、きちゃ……！」

ぼんやりと考えていたそれは、再び押し寄せる快楽の波に呑まれていく。

二度目の射精を迎えた聖に残ったのは理性を手放した発情期の世界だけだった。

＊＊＊

狂宴の幕が下りたのは数時間後のことだった。汚れた倉庫の床から脱ぎ散らかした衣服を拾いながら、トラはマットの端に倒れこんだリュウに声をかけた。

「……効いてきた？」

返答はないが、リュウの手が宙でひらひらと合図を送っていることから、薬が効いたのだと察する。もしも効いていないようであれば二本目を使用しなければならないと考えていたのだ。用意していたアンプルをポケットに戻す。

「それにしても……派手にヤっちゃったねぇ」

「ああ。自分でも驚いている」

「ニュースにするなら、アラサー男二人がオメガ男子校生を強姦。なんて見出しでどうだろ」

はあ、と大げさにため息をついて、リュウも立ち上がる。その後ろには、意識を失いぐったりと横たわる聖がいた。

身体は汗と体液に塗れている。呼吸に合わせて肩や胸が上下しているが、眠りにつく顔は眉根を寄せている。苦しさを抱えたまま気を失ってしまったのだろう、申し訳ない、とトラは心の中で謝った。

いつも綺麗にセットしているリュウの前髪も汗に濡れてだらりと垂れ下がっている。煩わしそうにかきあげる顔には動揺があった。

「ヒートは経験があるが……あそこまでブッ飛ぶものは初めてだった」

「オレも。頭がぐちゃぐちゃで、理性なんて欠片《かけら》もなかったね」

アルファ性だけが持つ『ヒート』。オメガのフェロモンに反応して起こる、強い性衝動だ。一度支配されてしまえば、意識を失うまで理性は戻らず、欲望のためだけに存在する獣と同然になってしまう。そのヒートから解放された二人の身体はひどく疲れていた。

狂宴の中、あれは何度目のことだったか。達した後、かすかに理性を取り戻したトラが見たのは、悲惨な状況だった。

引き千切られた体操服とその中央で揺さぶられる人形。呻《うめ》きに近い嬌声《きょうせい》を聞いてようやく、それが聖なのだと気づいた。

飛び散った精液から雄の臭《にお》いがする。トラ自身も、衣類を身に付けず、性交の後だろう体液が付着していた。マットの上では狂ったように聖を抱くリュウがいる。数分前はトラもそうしていたのだろう。

ヒートしていた。聖のフェロモンにあてられてしまったのだ。今にも溶けてしまいそうな理性の糸を何とか摑み、脱ぎ捨てていたカーディガンのポケットを探る。そして非常時のために持ち歩いていたヒート抑制剤を取り出すと、迷わず己の太腿に打ちこんだ。

「助かった。お前が薬を打ってくれなかったら、もっと酷いことになっていたな」

ヒートが治まるとリュウにも抑制剤を打ち、それから聖にも発情抑制剤を打った。リュウとトラは薬が効いたが、問題は聖だ。彼に使用したものは、四月と同じ緊急用のものだ。発情期中に使用できる唯一の抑制剤だが、これは副作用がある。

「これを使いすぎるとねー……」

何度も使用すると耐性がつき効果が弱まってしまう。それだけではない。緊急用の抑制剤は身体にかかる負担が大きく、特に聖のような特殊体質であれば身体が拒絶してしまう。前回はそこまで副作用が出なかったが、今回も大丈夫とは限らない。

同じことをリュウも考えたのだろう。マットの上で静かに眠る聖を一瞥した後、低い声で言った。

「オメガ保護特区、か」

「送るの？」

「………」

迷っているのだ。リュウのそんな姿を見るのは珍しい。普段ならば時間をかけず冷徹な判断をするというのに、聖への罪悪感が判断力を鈍らせているのかもしれない。

「保護特区はともかく、まずは病院だね。副作用が出るかもしれないから、いったん入院させて様子を見よう。オレたちも誰か来る前にここを出ないと」

トラはスマートフォンを取り出して、部下に連絡を入れた。リュウもトラも運転できる状態ではない、部下を呼んで聖を連れ出す手配をしなければ。

聖を連れていくのだから学園側への連絡も必要だ。そして体育倉庫での一件を知られていないか、これも探りたい。体育祭の最中だったため誰かが来た気配はないが、念には念を入れる必要がある。リュウとトラが背負うカネシマグループや保護協会に傷をつけることは避けたいのだ。場合によってはカネシマの力を使って揉《も》み消さなければならないだろう。

やることは多いというのに、リュウはなかなか動こうとしない。聖を見下ろし、物思いに耽っている。

「リュウ。疲れているのはわかるけど、少しぐらい手伝って」

「……ああ」

苛立つトラの言葉に素っ気ない返事をした後、ぽつりと、切なげに呟いた。

「……放っておけない、気がする」

「聖ちゃんのこと？　まさか、一発ヤったらハマっちゃった？」

「そうじゃない。でも、こいつの瞳が――」

思い出す。黒々とした聖の瞳を。

それは覗きこんでも何も映さぬ無機質なもののようだった。欲望のままに振る舞い、自ら求めた時、あの瞳はどのように煌《きら》めいて羽ばたくのだろう。

「そうだね……不思議な子だ」

与えてばかりの聖は、甘い蜜があれば身を委ねる蝶だ。狂わせ、惑わせる。何をされてもひらりひらりと舞って、罪色の羽を揺らめかせる。

「……さあ。聖ちゃんを、早く病院に連れていかないと」

そして部下に連絡を取ろうとした時、リュウがようやく動いた。

「待て」

「何？　やっと手伝ってくれる気になったのかな」

「病院には——連れていけない」

＊＊＊

長い夢を見ている。

夢は記憶の整理というが、それは本当なのかもしれないと初めて思うほどに、長く、嫌な記憶の夢。

雨が、ざあざあと降っていた。春の暖かさと降り続く雨の湿度が交ざって、肌に纏わりつく。聖はこの雨をよく覚えていた。だからすぐにわかったのだ。これは夢であり、自分は過去を思い返している。しかし正体がわかったところで夢は終わらない。

これから始まるものを察して顔を背けようとしたが、家の屋根よりも高い空に身体が溶けていて動く気配はない。聖の意思に関係なく、この夢は続くのだ。

近所では有名な屋敷の前で、傘も差さずに、濡れた地面に腰を下ろして膝を抱えている男の子がいた。雨に打たれ、小さな肩が震えようとも、背にした大きな門はぴしりと閉まったままだ。

「ぼくが……ベータじゃなかったら、よかったのに」

その子は膝に埋めていた顔を上げて呟いた。幼さがあれど、それは間違いなく聖である。周りには誰もいない、だから雨と涙で汚れた顔を晒すことができたのだ。

これは五歳の春。母が亡くなった翌日だ。

背にした屋敷は聖の生家である時田家。だが帰ることはない。いや帰ることは許されていないのだ。

アルファは社会を統《す》べる選ばれし者である。性によって生き方が決まるこの世は、アルファの者を頂点として成り立っている。名門の時田家も性を重視してアルファを敬い、アルファの男を当主とする慣習があった。もし家を継げなかったとしても、アルファであれば未来は約束される。アルファの兄弟や親戚たちは、政治家や実業家、銀行員となり、安定した生活を送っている。

「ぼくがアルファだったら。おうちにかえれたのかな……」

しかしアルファでなかった場合、それは悲劇である。服が濡れようがくしゃみをしようが、家の扉は開こうとしない。幼い身には辛すぎる絶望だ。遠くから眺めている十八歳の聖に、当時の苦さが蘇《よみがえ》る。

生まれてすぐ、聖の性が判明した。期待されていた時田家の三男坊はアルファではなかったのだ。オメガは初めての発情期を迎えて発覚することがほとんどで、それまではベータとして扱われる。当時の聖もベータだと思われていた。

アルファ至上主義の時田家はベータの聖を疎ましく扱っていたが、それでも家に残ることができたのは母の尽力によるものだ。正妻ではなく妾《めかけ》の立場だった母は聖を守ろうと尽くしていたが、病に蝕まれ亡くなってしまえば、いよいよ聖の居場所はない。別れの言葉もなく、母の形見を手にすることもできずに、ごみを捨てるようにあっさりと屋敷の外へ追い出された。その嫌な記憶をこうして夢で見ている。

父親に捨てられた聖はどうすることもできず、家の前に座りこむしかなかった。このまま雨が降り続き、いつかは死んでしまうのだろうか。そうなれば、亡くなった母に会えるのかもしれない。

五歳の子が門の外に出されて数時間が経っていた。体温は低下し、意識が朦朧《もうろう》とする。その時、声をかけられた。

「聖くん？　ねえ、どうしてここに……」

従弟である信清の親だった。時田の姓を持ちながら、本家と異なり、庶家として扱われている一家。それが信清の家である。

表向きは分家だが、実際は本家との関わりを絶たれている。聖の父の妹にあたる信清の母がベータだからだ。その後同じベータの者と結婚したが、そこまでの経緯に様々な苦労があったことだろう。時田家に見放される絶望を知っていた信清の母は、聖が置かれている状況を察した。

「ぼくがアルファだったら。ぼくがベータじゃなかったら――」

ずぶ濡れの聖を包む温かな腕。それは母に似た温度で、だが母と違う匂いがするのだ。

幼い聖は理解した。母を、家を、すべてを失ったのだ。聖がアルファになれなかった不完全な者だから。

この日から聖の帰る場所は変わった。

雨の音が遠ざかり、くらくらと頭が揺れる。空に溶けていたはずの身体も戻ってきて、指先がぴくりと動いた。

「……ん……あれ、僕は……」

重い瞼《まぶた》をゆっくり開けば、ここは学園や寮ではなかった。飛びこんできたのは薄暗い室内に豪華な装飾、シャンデリア。そして異国のような甘ったるい香りがする。

確か体育祭だったはずだ。しかし信清の騎馬戦も、聖が参加するはずだった玉入れの記憶もない。発情期に入ってしまって、それから——。

「……まさか」

夢と現実が交じる中、体育倉庫でのことが頭に浮かんだ。あの時、聖を犯したのは学園の人間ではない。その顔を思い出そうとしていた時、声が聞こえた。

「起きた？」

記憶と現実が一致する。トラだ。あの時の感覚が蘇り、身体が強ばった。

ベータとは違うアルファによる性行為。それはオメガである聖を見下し、支配するものだった。冷たい刃物が首筋に添えられたように、恐怖が身体に刻まれている。それを思い出し、震えた。

「よかった。起きてるみたい」

トラが聖を覗きこむ。長い髪の毛がだらりと、摑めば届きそうな位置まで垂れ下がった。色素が薄くガラスよりも透き通った髪が室内のかすかな明かりを吸いこんで輝く。そのガラスの川の内側から、金茶色の球体が二つ、聖をじいと見つめていた。その和風な名前からは想像もできない異国の美しさを持っている瞳。気を抜けば吸いこまれてしまいそうだった。

こんなに綺麗な人に、犯されたのか。金茶の視線から逃れるべく顔を背け、相手がしたことを思い返す。好きや嫌いのわからない聖は、どんな行為をされたとしても、淡々とそれを受け入れるだけ。失望や諦めの交ざった感情と身体の怠さに瞼を伏せた。

「ごめんね」

その言葉に目を開ければ、眼前にトラの顔はなかった。ベッドから少し離れたソファに、ちょこんと腰を下ろしている。

「色々と聞きたいことがあると思うけど、もうすぐリュウが来るから。揃ってから話そう」

素っ気ない物言いからトラは距離を置こうとしているのだと気づいた。ソファとベッドの物理的な距離だけではなく、心の距離も。

数度顔を合わせて話し、一方的なセックスをされた程度なのに、なぜか胸が痛い。肌を重ねた相手が離れていくなんて、初めてだったのだ。今まではみんな虜になったように聖を求め狂っていたというのに。抑制剤を飲まなかったことへの失望だけではなく、一度抱いたオメガが気に入らなかったのだろうか。

トラは必要以上に語ろうとせず、無言のまま。その間がもどかしく、リュウが来るまでの時間を長く感じた。

「起きたのか」

ようやく現れたリュウは聖を見るなり言った。トラと同じように、聖を覗きこんで確認をした後、距離を取ってソファに座った。

リュウも聖から離れようとしている。気づいた瞬間、聖の心はどん底まで沈んだ。

嫌われたくない。求めてほしい。それがどんな人たちだとしても。自分を道具のように扱った人たちだとしても。

「さて、何から話そうか」

「……そうだな。まずは――」

リュウが言いかけた時、聖が動いた。勢いよく身を起こすと、二人に向けて頭を下げる。

「ご、ごめんなさいっ！」

しん、と部屋が静かになる。呼吸の音すら聞こえない、冷えきった静寂だった。

「そ、の……僕が、薬を飲まなかったから、二人に嫌われて……」

言葉がうまく繋がらない。首を絞められたように声が出せず、ようやく絞り出しても掠れていた。

頭を下げ、拙《つたな》いながらも謝罪する聖に対し、二人は目を丸くして黙りこむ。静かな場が再び動いたのは少し経ってからだった。

「確かに。お前が薬を飲まなかったことは失望した。だが予想していた」

「聖ちゃんは飲まないかもしれない、もしくは飲めないかもしれないってリュウと話していたんだ」

二人の期待を裏切るどころか、そもそも期待すらされていなかったのだ。その事実に、聖は俯く。

「謝るのは俺たちの方だ」

失意に顔を曇らせた聖に、リュウが告げる。

「すまなかった。お前を傷つけてしまった」

「傷……つく……？」

「ああ。俺たちが取った行動は、保護協会の人間に相応しい行動ではない」

「聖ちゃんのフェロモンにあてられて、二人ともヒートしちゃったんだ。だから理性を失って――何だか言い訳みたいだね。最低なことをしてしまって、本当にごめん」

真摯《しんし》に謝る二人に、聖の心がもやもやと曇る。これを受け入れてしまえば、体育倉庫でのセックスが悪いことになってしまうのではないか。聖の合意を得ず行われた行為に、恐怖心は残っている。リュウやトラの顔を見るだけで、あの冷たさを思い出してしまうほど。

だが、過《あやま》ちだったとはっきり告げられれば苦しくなるのだ。抵抗はできたはずなのに、しない自分がいた。どんな方法にせよ、結果を見れば溜めこんでいた欲望を吐き出すことができたのだ。

ああ、これが――初めて自分の歪んだ欲を理解する。フェロモンをまき散らし、犯されるだけの存在。それがオメガなのだ。

「僕は……お二人が、僕を欲しいと思っていたのなら。求められていたのなら――」

言いかけて、ふと思い出した。

『オレたちはさ、あんたを求めてセックスしているんじゃない』

それは行為の最中に投げつけられた言葉。二人に求められてなどいないのだ。

答えに気づき唇を閉ざした聖に、二人はため息を吐く。

「……ごめんね」

ため息と哀れみと、様々な感情がごちゃ混ぜになって吐き出されたその言葉は、聖の答えが正しいのだと告げているようだった。

少しの間を置いて、トラが喋りだす。室内の重い空気を払拭《ふっしょく》するべく明るく振る舞っている。

「今の状況を説明するね。ここは保護特区じゃない。あんたはオレたちが所有する別荘にいるんだ」

「べ、別荘？」

「そう。病院も考えたんだけどね、ちょーっと不都合が多くて……」

そう言いながらトラは、リュウを横目で見た。

「あの病院はオメガ保護協会が管理している病院だ。そこに運びこめば、約束を破って発情期に入ったお前は保護特区に移送されただろう」

「この別荘ならオレたちの個人所有物で保護協会とは関係なし。近くにカネシマの病院もあるから、あんたの体調に万が一のことがあればすぐ対応できる。それでここに運んだんだよ」

聖は「なるほど」と頷きながら、自分の手首を見る。そこに刺さったチューブは、ベッド横の点滴バッグに延びている。さらに心拍数や血圧、酸素濃度などが表示されたモニターもあった。室内の豪華な装飾に不似合いな医療設備は、病院から運んできたのだろう。

「……これもちゃんと説明しておこうか。実は、あんたの身体はちょっとヤバいことになってた」

その発言に聖の目が大きく見開かれた。身体の怠さは発情期によるものだと思っていたのだ。

「今回、お前に緊急用の発情抑制剤を使用した。これは四月に使用したものと同じ、即効性の抑制剤だ。だがその分、この薬は身体への負担が大きい。特に普通のオメガよりも強いフェロモンを持つお前の身体は抑制剤を強く拒否してしまう」

「それで……僕が『ちょっとヤバい』状態になってしまったんでしょうか？」

「トラ風の語彙力《ごいりょく》ゼロ表現だな。まあいい。この薬を投与されたお前の意識はなかなか戻らなかった。今は、眠り続けている間に発情期が終わり、薬の効果も切れたから、安心していい」

「問題は——これ以上あんたに緊急用の抑制剤を使えないってことなんだ。二度目の使用でこうなってしまったんだから、次はどうなるかわからない。さらに耐性がついて、今度は命に関わる事態が起こってしまうかもしれない。これ以上、あんたにこの注射は打てないんだよ」

「発情期に入ってしまえばもう止められないってこと……ですよね？」

「そうだ。発情期前から抑制剤を飲まなければいけない。もう注射に頼ることはできないからな。それを使うぐらいなら、俺たちが渡した錠剤の方が副作用は起こりにくい」

　自らのオメガ性とはここまで強いものか。目の前がくらくらと揺れた。あの薬を飲まない選択をしただけでここまでになるとは。様々なものが聖を蝕み、嗤っているようだった。

「強すぎる発情に、緊急用の薬も効かない身体。あんたは異常なオメガなんだ、報告書を提出すれば即特区送り間違いなし」

「……じゃあ、どうして、ここに」

「お前にラストチャンスを与える」

リュウが、立ち上がった。聖を試すように鋭く睨みつけて言う。

「これが、最後だ。学園に戻りたいと思うのなら、今度こそ言うことを聞け。次に俺たちを裏切れば容赦なく保護特区に送る」

一度裏切ってしまった聖に機会が与えられたのは、二人の罪悪感が理由なのだろう。

リュウの薄灰色の瞳は無機質で、細められた目の奥に何の感情があるのかを読みとることは難しい。だが誘いに乗らなければ、宣言通り保護特区に捨てられてしまうのだろうと確信した。

「……わかりました」

頷くしか、ない。まだ現況を理解するのが精いっぱいで、条件を納得するまでには至らない。

複雑な胸中を隠す姿に気づいたか気づいていないのか。リュウが長く息を吐いてから、言った。

「話はまとまったな。あとはお前が学園に戻る日だが、しばらくはこの別荘に滞在してもらう。意識を取り戻したとはいえ、何か起きたら困る」

「眠ったまま一週間半。戻ってもすぐに夏休みに入っちゃうし、夏休み中ここにいてもらった方がオレたちも監視しやすいんだよね」

学園にしばらく戻ることができない。そうなると心配なのは信清だ。四月の時でさえ心配していたのだ。それが一ヶ月以上となれば、夏休みの間ずっと探し回っているかもしれない。

「あの、せめて学園に連絡をさせてください！」

「アハハ！　だーいじょうぶ。学園には話してあるから。まあカネシマの名前を出せば何でもウンって言いそうだけどね、あいつら」

「でも、信清が……」

不安から口を出た名が、わずかに二人の動きを止めた。だがすぐに、何事もなかったようにトラが訊く。

「お友達？　それなら学園から連絡入ると思うけど。そんなに心配？」

「僕の従弟なんです。寮も同室で……きっと、心配していると思うので……」

「時田信清、か」

リュウが呟いた。

「わかった。連絡を許可しよう。明日の昼になるがそれでもいいか？」

「はい！　ありがとうございます」

信清に連絡できる。それで彼を安心させることができればいいのだが——そのことばかりに気を取られ、リュウとトラの背に隠された不穏な空気に、聖は気づいていなかった。


連絡を入れると、電話口の向こうにいる信清は嬉しそうだった。聖が体育祭の途中から姿を消したため不安だったのだろう。

『そっか、無事なんだな。よかったよ』

「うん。心配かけたよね、ごめん」

『いいよ。こうして連絡をくれただけでも嬉しいから。夏休み中に会えないのは、ちょっと寂しいけど』

「じゃあ……また、夏休み明けに」

横にリュウが立っていたため長々と話しづらく、心安らぐ従弟との会話は早々に終わった。

「もういいのか？」

「はい。大事なことは伝えました」

「じゃあ、行くぞ」

淡々と歩きだすリュウの背を慌てて追いかける。この別荘は広い。置いていかれたら迷ってしまいそうだ。

リュウは背が高く、脚も長い。歩幅が広いので、ついて歩くのも大変だ。早歩きになりながらも何とか横に並ぶ。

「……俺とトラがここに滞在できる日は限られている。時間がある限り様子を見に戻ってくるが、不在にすることが多いだろう。俺たちがいる間に屋敷の中ぐらいは一人で歩けるようになっておけ」

「お二人とも忙しいんですね」

「学生じゃないからな、社会人の夏休みなんてたった数日しかない」

「その貴重なお休みの日を、僕なんかに使ってしまっていいのでしょうか」

不安げな顔をして尋ねる聖の頭に、ぽん、と温かい手が落ちた。

「気にするな。それが重要だと、俺もトラも認識している。無駄な行動ではない」

犬を可愛がるように頭をくしゃくしゃと撫でられた。そんな顔をするなと言っているような気がして、聖は頷く。

「俺たちがいない間は使用人が面倒を見てくれると思うが、学生の夏休みは長いからな。暇な時は勉強でもしてればいい」

「でも教科書を持ってきていないので……」

「お前が使っているのと同じものを用意させる」

まさか——と思いながらリュウの顔を見上げる。今すぐにでも取り寄せる、と言わんばかりの真剣な瞳をしていた。

聖の夏休みは勉強漬けになりそうだ。想像すると少しうんざりしてしまう。他にも気分転換できるものがあればいいのだが。

「……そういえば。お前、運動は苦手なのか？」

ぴたり、とリュウの足が止まった。そして遅れ気味になっていた聖に振り返る。

「得意ではないです」

「なるほど。それが体育祭で玉入れを選んだ理由か」

「玉入れなら、それなりに活躍できるかなと思ったんです」

可能ならば花形競技であるリレーや騎馬戦に出場したかった。だが聖が立候補しても、クラスメイトが止めるだろう。特にリレーなんて、聖が出ればクラスが負けてしまうのは確実だ。

話を聞いた後、リュウは聖の腕を摑んだ。

急なことに身を固くするも間に合わず、そのまま二の腕を軽く揉まれた。リュウの指先が柔らかい皮膚に、むにゅむにゅと包みこまれる。

優しい指先に艶はないというのに。直視することができず、聖は視線を逸らした。唇を噛んで耐えていると、リュウは「細すぎる」と嘆いた。

「オメガは細身が多いとは聞くが、これじゃ玉を投げることすらできないだろうな。お前はもう少し鍛えた方がいい」

指先が離れていく。見ればリュウは二の腕と筋肉量についてぶつぶつ呟き、何やら考えているようだった。

「え、えっと……鍛えるって腹筋とか腕立て伏せとか、ですか？」

「そうだ。あと歩いた方がいい」

どれもこれも縁のない話ばかりだ。自分が鍛えている姿など想像できず生返事をしていると、リュウが逆方向に歩きだした。

「来い」

「ど、どこにですか？」

「俺の部屋だ。いいことを教えてやる」

嫌な予感はしつつも逃げられず、リュウの背を追いかけた。

「ここだ」

そこは客間よりも広い部屋。豪華な装飾はなくシンプルにまとめられ、ベッドや本棚といった家具が並ぶ。

「ここがリュウさんの部屋ですか」

「ああ。お前に教えたいのは隣にある」

案内されたのは、リュウの部屋から繋がる小さな部屋だった。ここは壁の一部が鏡張りになっている。さらにランニングマシン等の器具が揃い、さながらリュウ専用のスポーツジムだ。

このコレクションを見せたかったのか。横目で見れば、リュウは着ていたVネックのシャツを脱ごうとしていた。

「ぬ、脱ぐんですか？」

「何だ？　慌てた声を出して」

「だ、だって……その……」

一度見たことはあるとはいえ明るい場所で裸を見るのを恥ずかしいと思ってしまう。空調が効いていることも忘れてしまうほど、頬が熱くなった。

「男同士だろ。そんなの気にするな」

「……っ」

あまり表情を動かさないリュウが、細い目をより細めて、白い歯を剝き出しにして笑っているのだ。どうしてか、胸が痛い。普段のクールさが印象強いからか、子供のように微笑む姿に反応し、聖の鼓動が跳ねて荒れ狂っている。苦しいのだが、なぜか心地よい苦しさだ。

「お前も着替えていいぞ。そこにシャツがあるだろ、使っていい」

「え……僕もですか。何をすれば……」

「この部屋ですることなんか決まっている。そのなまっちろい身体を鍛えろ」

数秒前の胸の痛みはどこへやら。満面の笑みでランニングマシンを指し示すリュウはまるで熱血体育教師だ。これが授業なら間違いなく抜け出している。

逃げ出したい。なぜついてきてしまったのだろう。後悔しながら、何とか回避するべく言い訳を探す。

「僕、病みあがりだと思うので……激しい運動は……」

「大丈夫だ、俺がついている。発情期は抜けたから大丈夫だが、万が一を考えてペースを調整し、ゆっくり歩けるようにしておいた。大事なのは速さではなく、続けることだ」

ああ、だめだ。リュウに勝てない。回避することを諦めた聖は、備えつけの棚に入っているシャツを取った。

「このシャツ、ちょっと大きいですね」

揃えてあるシャツはどれもリュウの体型に合わせて作られている。丈はもちろん余るが、それよりも肩幅が問題だ。小柄な聖が着れば、おさがりを着た子供になってしまう。

「よし、それも揃えておこう。あとでお前のサイズを測らせろ」

「……遠慮します」

この男にこんな一面があったとは。冷静に見えて、実は熱い男なのかもしれない。そんなことを考えていると、聖の頭に大きな手が落ちた。ぽんぽん、と二度ほど優しく叩かれる。

「迷惑だったか？　お前を見ているとつい構いたくなるんだ」

見上げれば、穏やかな微笑みを向けられていて。ああ、また胸が痛くなる。こんな顔もできるのかと、深いところに入りこんでしまったような気持ちになっていく。

「俺がいない間も、この部屋に来ていいぞ。トレーニングだけじゃなく、気になる本があれば読んでもいい。気分転換になるのなら、いつでも使ってくれ」

「でも……僕なんかが……」

「遠慮するな。俺が構いたいだけだ。弟みたいで放っておけない」

「弟って、僕がトラさんみたいだってことでしょうか」

弟と聞いて思い出したのはトラだ。二人は一緒に行動することが多いからか、真っ先にトラの姿が浮かんでしまう。

しかし、聖とトラでは外見はおろか中身も似ていない。ささいな疑問だったが、予想に反し、リュウの動きはぴたりと固まった。

踏み越えてしまってはいけないところに入りこんだと気づいた時には遅かった。温かく大きな手のひらがすっと遠のき、リュウは背を向ける。

「……あいつが、弟か」

ぽつり、と自嘲《じちょう》気味な言葉が漏れた。

「そんな風に見えてしまうんだろうな」

トレーニングルームがもう少し広ければ、聖は何も聞こえないまま今日を終えていたのだろう。

遠く。遥《はる》か遠くの方で、薄氷の割れる音がした。キンと鼓膜を揺らす、忘れてしまいたくなる嫌な音だ。それはどこから聞こえたのかと探せば、苦虫を噛みつぶすような顔をしたリュウが、鏡に映っていた。

＊＊＊

夏休みがここまで暇だとは思ってもいなかった。ここが寮ならば気分転換に掃除をしたり寮付近を散策したりとやることがあるのだが、この屋敷にはそれがない。掃除をしようとすればそれは使用人の仕事だからと止められ、散策したいと思ったところで外に出られないのだ。他人の家のため屋敷内散策をするのも気が引ける。勉強については、リュウと話した翌日に学園で使っていたものと同じ教科書一式が届いたが、朝から晩まで勉強漬けでは飽きてしまう。

唯一楽しみなのは食事だった。リュウとトラが屋敷にいる間は、三人で食事を取る。美味しい料理や談笑を交わすことが聖にとっての癒やしだった。

ここに来て三日目。昼食後の重たい胃袋ごとベッドに横たわり、午睡に入ろうかという時、トラがやってきた。

「ハロー。暇してる?」

ひらひらと手を振りながら、確認も取らずにずかずかと部屋に入りこむ。そしてベッドで横になっていた聖を覗きこんだ。

「暇してるねー。そんな暇人の聖ちゃん、遊ぼうよ」

「遊ぶ……ですか」

「そうそう。面白いこと思いついちゃったんだ。ちょっと来て」

腕を引っ張り、早く起きろと子供のように催促をするトラに屈し、聖は起き上がる。

聖ほどではないがトラの身体つきは細い。リュウが見ればトレーニングしろと言いそうだ。それでも腕を引く力は強くて逃げられず、そのままずるずると引きずられてベッドから降りた。

「ほら、行くよ! まずはオレの部屋」

ああ、この展開。有無をいわさず聖を自室に連れこむなんて兄弟そっくりだ。面《おもて》に出さず心の中で苦笑し、トラの部屋へ向かった。

この屋敷全体は甘ったるい異国の香りがする。バニラのように濃厚で、密林の奥深くで咲く毒々しい花の香の如く絡みつく。

その香りの源があるとするのならば、この部屋だろう。トラの部屋に繋がる扉を開いた瞬間、屋敷中の甘さをすべて詰めこんだ香りの爆弾が破裂した。

室内は別珍《べっちん》の赤い絨毯《じゅうたん》が敷かれ、豪華な天蓋付きのベッドが置いてある。シンプルにまとめられていたリュウの部屋とは異なり、絢爛《けんらん》豪華すぎる設《しつら》えに一瞬目眩がした。

「ようこそ。オレの城へ」

主であるトラは、聖よりも一歩先を進む。大きな姿見と本棚の前を通り、両開きのルーバー扉に向かった。

まさかトラまでトレーニングだの鍛えろだのと言うのか——先日の出来事を思い出し後退る聖だったが、扉の向こうにあったのは予想外のものだった。

「じゃーん！　これがオレのコレクション」

そこはウォークインクローゼットとなっていた。壁面に備えつけられた棚により圧迫感があり、リュウのトレーニングルームより狭く感じる。棚には多数のハイヒールやミュール、ハンドバッグが置かれ、ハンガーポールには女性物の服が大量に掛かっていた。

中に入り、鼻歌交じりで女性服を物色するトラに、聖は呆気《あっけ》に取られていた。トラは間違いなく男性である。女性服を着ているのを見たことはなく、こんな趣味があるとは想像もしていなかったのだ。

驚いて足が止まった聖に気づき、トラが振り返った。

「目がまんまるになってる。ドン引きした？」

「そこまではないですけど……少し驚きました」

「正直だね－。それは正しい反応だよ、オレに女装癖があるなんて誰も思わないから」

そして再び、服を選びだす。体型を隠すためなのか、手に取るものはどれもロングタイプのドレスばかりだ。赤いチャイナドレスと紺のイブニングドレスを交互に眺めながら話を続ける。

「オレは男だし、タチネコでいえば断然タチの方で、女の子になりたいわけじゃない。でもこういった服に憧れちゃうんだよね。着るとさ、オレじゃない何かになった気がするんだ」

「よく着ているんですか？」

「休みの日とか、会社の飲み会とか。いつだったか、取引先とのパーティでリュウの婚約者を装って着たこともあったよ」

その時のことを思い出したのか、トラは顔をくしゃくしゃに歪ませて笑った。

「中身がオレだって、リュウ以外気づかなくてさ。最後までみんな騙されていたんだよ。おかしい話だよね」

「きっと、僕も気づかないと思います。トラさんなら似合いそうです」

中性的な顔をしたトラだ。化粧をして髪を結い上げれば、クールで儚げな美女に変身するだろう。

ただ純粋に、気になった。綺麗な女性を見たいというのではなく、トラがどんな風に変身するのか、この目で見たいと思ってしまったのだ。それは顔に出ていたのだろう。振り返ったトラと目が合ったと思えば、ニタリと悪い笑みを浮かべて言う。

「オレよりも似合いそうな子がいるけどね」

そしてポン、と聖の肩を叩く。

意味がわからず「へ？」と素《す》っ頓狂《とんきょう》な声をあげた聖に、トラは顔を寄せて囁いた。

「あんたの方が、似合うよ」

「ぼ、僕が⁉」

女装なんてしたことがない。困惑する聖の視界で、トラが笑っていた。

「はい、ここでオレの面白作戦ネタばらし。聖ちゃんを女装させて、リュウを驚かせちゃおうと思いまーす」

「それってリュウさんに怒られませんか？」

「オレがついてるから大丈夫。夕食まで時間もないし、さくっと準備しようね」

まだ聖は了承していないというのに、トラは再び衣装選びに戻った。様々な服を手に取り「白かな、それとも水色」とぶつぶつ何やら呟いている。

楽しげなトラの様子から、逃げることは難しいだろう。早々に抵抗を諦める。

人の部屋をじろじろ見るのはよくないのだが、手持ち無沙汰では仕方がない。そうして視界に本棚を捉えた時だった。

きっちりと並べられた本たちの背表紙。そのタイトルやデザインに見覚えがあった。帝王学だの経済だのと馴染みのないタイトルだから、覚えていたのかもしれない。

見かけたのは数日前――リュウの部屋だ。その本棚に並んでいた本がここにもある。それも一冊ではない。ほとんどの本がリュウの部屋で見たものと同じ。

この数日の間にリュウの部屋から移動してきたことも考えられたが、きっちりと収まっている様子からそれは考えにくい。ずっとここにあったかのように馴染んでいる。

兄弟なのだから貸し借りをすればいいのに、同じ本を買う必要があるのだろうか。しばらく考えてみたものの、答えは出そうにない。

もう一つ。気になるものがあった。兄弟同じ本を並べた本棚で、トラの部屋にしかないもの。棚の端に置かれた小さなフォトフレームだ。

手に取りよく見ると、中の写真に写っているのは若く美しい男だった。外国の人なのだろう、彫りの深い顔に色素の薄い肌。髪もトラと同じ、ガラスのように綺麗な色をしている。

「……聖ちゃん？」

普段よりも低く、無機質な声が名を呼んだ。振り返ると、クローゼットから戻ってきたトラが聖を見ていた。つかつかと歩み寄りながら、トラが続ける。

「綺麗な人でしょ」

「はい……勝手に見てしまってすみません」

「いいよ。気にしないで」

聖の背後、触れていないのに温度が伝わりそうなほど近くにトラが立つ。聖よりも身長が高いからか、覆われていると感じた。

どきりと心臓が早鐘を打ち、頬が赤くなってしまいそうだ。トラが背後にいることは救いだった。照れを押しとどめるのに必死で、こんな表情を見られてしまえば余計に恥ずかしくなっていただろう。

フォトフレームに向けてトラの手が伸びる。それに合わせてかすかな風が舞い、室内と同じ異国の匂いが濃く香った。まるで写真に写る男性が纏う香りのように。

「これね、オレの母さんなんだ」

細い指先が示すのは、トラに似た男。男でも母になれる。それはある性を持つ者だけ。つまりこの男性は――。

「母さん、オメガだったんだよね」

トラの表情はわからない。だが淡々と語る声音に感情はなく、氷の中に閉じこめられた息苦しさに似ていた。

なぜ、母親の写真に冷たさをぶつけるのだろう。それをトラに問うことはできず、聖は写真を見つめることしかできない。

トラによく似ているのに――肌の色、顔つき、髪。写真の人物とトラの共通点は色濃く、それは新たな疑問を生み出す。どれだけ探しても写真の男とリュウの共通点は見つからないのだ。きっとこれは触れてはいけない、触れてしまっては戻れない毒。

耳元でさらりと音がした。トラの髪が首に触れる。髪が流れる音も聞こえてしまうほど近く、部屋も静まりかえっていたのだ。

「たぶんね、オレ、聖ちゃんと一緒」

寄せられた唇が紡ぐのは、甘い言葉ではなく禍々《まがまが》しい何か。聖が抱く疑問にその囁きが響いていく。答えに近づけそうで、でもまだ届かない。

「それって――」

「はい。お話はおしまい！」

問いかけたものは遮られ、トラも普段通りの明るさを取り戻す。これ以上話はしないと宣言するようにフォトフレームは伏せられた。

「時間がないからね。さくさくっと準備しちゃおう」

トラはウォークインクローゼットの中へと戻っていく。

聖は後悔していた。先ほどのトラがどんな顔をしていたのか、今になって気になっているのだ。

楽しげに衣装を選ぶトラに冷たさは残っていない。だが、目が離せなかった。

胸が、痛い。氷の破片が刺さってしまったのではないかと思うほど、病んでいる。

数時間後、胸の苦しさは別の形になって襲いかかった。

何枚もパッドを詰められて、物理的に胸が苦しい。視線を落とせば、自身の胸でぽっこりと二つの膨らみがあり、その見慣れなさに目眩がしそうだ。

トラが選んだのは薄桃色のミニドレスだった。スカート丈は短いのだが、トラ曰《いわ》く「聖ちゃんは脚が細いから似合う」ということで決まった。体格調整として胸にシリコンパッドを何枚も詰め、肩幅はショールを羽織って隠す。ドレスの下にパニエ代わりのチュールスカートを重ねたことで、スカートのラインがふんわりと丸く広がり、細すぎる腰も目立たなくなった。

さらにウィッグや化粧と、細かなところまでトラの女装術が光る。仕上がって鏡を見れば、聖に男らしさは残っていなかった。

「どう？　可愛いでしょ」

「何だか、脚がムズムズします。風が当たって恥ずかしいです」

照れながら答えると、トラが笑った。

「大丈夫。そのうち慣れるよ」

この姿を見て、リュウはどう思うのだろう。普段から冷静なあの男のことだ、聖が派手な衣装に身を包もうが冷めているのかもしれない。時間をかけて用意してもらったが、鏡に映る姿にいまいち自信を持てなかった。

不安げに俯く聖から察したのだろう。トラが聖の肩を優しく抱き寄せた。そして耳に顔を寄せる。

「とても可愛いよ、食べちゃいたいぐらいに」

その一言によって荒天の海に差す光のように不安が晴れる。代わりに浮かびあがるのは羞恥心と緊張で、聖の頬が赤く染まった。

「リュウに見せたくないな。ずっとこの部屋にいればいいんだよ、あの椅子に座ってオレの帰りを待っていて。そしたらオレ、仕事がたくさんある日でもちゃんとここに帰ってくるから」

「……トラ、さん」

冗談だろうとわかっているのに声が上擦《うわず》る。息がかかるほど近くにいるため、この緊張が伝わってしまいそうだ。

「ねえ、甘い匂いがする」

そう言って、聖の首筋に鼻をつける。それが妙に熱っぽく、聖の身体がぴくりと震えた。鏡は、首に埋もれるトラの顔や頬を赤らめた聖まですべてを映し出している。それが胸を苦しめ、焦がれていく。

「果物、デザート、それよりももっと甘い――ねえ、オレ、狂っちゃいそう」

高ぶりながらも思考は冷静で、聖は一つの答えを出していた。

きっと女装をした聖の反応を楽しんでいるのだろう。今は発情期ではない。彼らを惹き寄せるフェロモンだって出ていない。発情期ではない自分に魅力はなく性的対象として求められることはないのだ。

この胸の痛みは、リュウやトラといった大人に囲まれて、緊張しているからに違いない。

「……夕食に、遅れちゃいます」

胸の痛みを抱えながら呟いた一言が、現実を呼び起こす。首筋に唇を寄せようとしていたトラは動きを止めた。

「……そうだね。遅れたらリュウに怒られる」

「リュウさんを怒らせたら大変なことになりそうですね」

「そうそう。面倒なんだよ、あいつ真面目だからさ」

トラは離れ、鏡に映るのは蕩けた色を失った聖のみ。振り返ってトラを目で追うも、彼はもう別の話をしていて――なぜかその距離に寂しさを感じた。

ダイニングルームに着くも、まだリュウは来ていなかった。

同じ食堂でも寮とは雲泥の差である。部屋の広さは同じものの、床の赤いカーペットや装飾品は寮と比べものにならない。ここに来てすぐは豪華な内装に驚いたが、滞在日数が増えるたびに慣れてきた。

「オレとリュウが別荘にいる時って、それぞれの部屋で食べるからさ。ここを使うのは、パーティとかお祝い会場としてかな」

「別々なんですね。てっきり二人一緒にご飯を食べているのかと思いました」

「イヤだよー。あの堅物の顔を見ながら食事なんて勘弁してほしいね。飯がまずくなる。今はあんたがいるから特別」

兄弟だからいつも一緒なのだろうと思っていたが、聖の想像よりも二人の関係はドライだ。これだけ豪華なダイニングルームがあるというのに使わないなんて勿体《もったい》ない気がしてしまう。

「ところで、あんたは兄弟って――」

トラが言いかけた時だった。扉が開き、リュウがやってくる。

「待たせたな」

リュウは既に到着していたトラと聖を見て、眉根を寄せた。視界に聖を捉え、踏み出した足は石像のように固まっている。

「………………」

「あ、あの……」

リュウがこれほどはっきり動揺するとは。その視線から聖の姿に驚いていることはわかっていた。

似合わないと思っているのだろうか。困惑する聖の代わりにトラが口を開く。

「どう？　聖ちゃんを可愛くしてみたんだけど」

「……お前の仕業か」

「可愛いでしょ？　惚《ほ》れちゃった？」

「さあな」

茶化すトラにため息を吐き、ようやくリュウが歩きだす。その顔にはいつもの冷たさが戻っていて、口元一つ緩んでいない。

やはり気に入らなかったのか。これでは虚しいだけだ。普段の服に着替えたい。素っ気ない反応に肩を落とす聖の後ろを、リュウが通っていく。その時、聖にだけ聞こえる声量で囁かれた。

「可愛いよ、似合ってる」

振り返れば、リュウと目が合う。視線が絡み合って、ほんの一瞬だけ彼は微笑んでいた。

慣れない姿での食事には不安があった。ドレスを汚してしまえば迷惑がかかってしまうからと、聖は食事前に着替えることにした。

トラは着替えを手伝いながらも「まだ着ていればいいのに」と名残惜しそうにしていたが、普段着に戻ると気が休まる。ドレスのまま食事をしていれば料理の味もわからなかったかもしれない。二人が席に戻ると、夕食が始まった。

メインを食べ終え、デザートのお皿が運ばれると、使用人とは違うスーツを着た男がやってきた。

　スーツの男は「龍生様、少しよろしいでしょうか」と確認した後、リュウに耳打ちをした。するとリュウの顔がみるみる険《けわ》しくなっていく。トラも手を止めて二人のやりとりを見ていた。

「……そうか、わかった」

「いかがなさいますか」

「明日には戻ると伝えろ」

　リュウが言うと、男は頭を下げて食堂を後にした。

　良い話ではないのだろう。リュウの眉間に深い皺が刻まれ、こめかみを指でトントンと叩いている。

「何かあった？」

　すかさずトラが訊いた。

「先日の買収の件だが、ＳＧグループも名乗りをあげたようだ。こちらよりも良い条件を提示しているらしい。先方もＳＧグループにしたいと考えているようだ」

「またか……これで五回目の妨害。オレたちってほんと嫌われているんだねぇ」

「カネシマの好きにはさせないというＳＧグループの意思表示だろう」

　二人の仕事内容について詳しく知らない聖だったが、彼らにとって良くない方向に物事が進んでいることは伝わってくる。トラは不快感を露《あら》わにし、リュウもライバルグループの行動に困っているようだった。

「経営悪化と思ったら奇跡の大復活。立て直すやいなやカネシマと渡り合おうとするんだもん、どんな裏があるんだろうねぇ」

「デカいバックアップを見つけたらしい。そいつらに操られているんだろうな」

「それは初耳。バックアップってどこ？」

トラの質問に、リュウは言葉を止めた。そしてちらりと聖の様子を伺う。

「……僕、席を外しますね」

立ち上がろうとしたが、リュウが手を上げ「いい。ここにいろ」と返して引き留める。この緊迫した空気にとどまっていたくなかったのだが、リュウの唇がその名を紡いでようやく聖はこの場に残された意味を理解した。

「時田家だ」

どくん、と大きく心臓が跳ねる。時田、それは間違いなく聖の名字だ。

「SGグループの後ろに、時田家がついている」

「時田って、それは……」

すべての音が隠れてしまったように、不安に急く心臓の音しか聞こえない。血の気が引いて、頭から徐々に感覚が失われていく。

リュウも、トラも。視線は聖に向けられていた。どんな反応をするのか試していたのだろう。口を開いたまま呆然とする聖に対し、確信を持ったリュウの言葉が降りかかる。

「お前の実家、だろうな」

「あ……！」

肌に押し当てられていた氷の刃が、ずっぷりと胸の中心に突き刺さる。そんな錯覚に陥るほど、聖にとって実家とは恐ろしいものだった。

雨音が、遠くの方で聞こえている気がする。背に触れた無機質な門。自身を捨てた父の冷酷な目つき。忘れていた春の寒さが急に襲いかかり、身体が震えた。

「……大丈夫だよ」

がたがたと震える聖の手に、雨粒ではなく、温かい手が重なった。見ればトラが、聖の手を握りしめていた。

「オレたちがいるから」

「ぼ、僕は……」

「……ごめんね、聖ちゃん」

聖は二人と敵対している家の息子なのだ。謝るべきは聖でありトラではない。だというのになぜトラが切なそうな顔をしているのか。

カチ、と弾けた音がして顔を上げるとリュウがたばこに火を点けていた。紫煙を吐き出し、トラが告げた謝罪の理由を話す。

「俺たちは監視係だ。だからお前のことは調べさせてもらった。お前が『時田家』の三男であることも、そして今の状況も知っている」

別荘中に漂う甘い香りが、たばこの香りと混ざっていく。甘さは消えて、渋く苦味のある香りへ。見れば煙の向こうで、リュウは苦しそうな顔をしていた。聖の痛みを知ってしまった負い目なのだろう。

「今の僕は、時田家と関わりありません。幼い頃に本家から捨てられ、それからずっと分家である従弟の家で育てられました。だから僕は――」

「本家の人間ではない……そうだろ？」

聖は頷いた。父に捨てられ、信清の両親に拾われた時から、本家の人間と話したことは一度もない。時田の名はただの飾りだ。

「僕は、時田家やＳＧグループについて詳しくわかりませんが、お二人に迷惑をかけてしまっているのなら――」

「わかっている。そのことは気にしなくていい」

「そうそう。これは聖ちゃんが気にする話じゃないよ。大人のお仕事だから！　オレたちの夏季休暇は減ったけどね」

不安げな聖を和ますように、トラが笑う。

「アルファではない子が捨てられるとか跡取りではないとか、そういう話は悲しいけどよくあることだから。オレは強面堅物野郎の誰かさんを捨てたいけど」

「なるほど。じゃあお前がここを出ていくか？」

リュウが返すと、トラは大げさに「あの人こわーい」と叫んで聖に抱きついた。

「話は逸れたが、トラの言う通りこれは俺たちの仕事だ。お前は気にしなくていい」

「はい……わかりました」

「だが、お前に言いたいことがある」

短くなったたばこを灰皿に押しつけ、火を断ち切る。そして正面から、聖を見据えた。

「欲張りになれ」

「……っ！」

「過去に縛られ、誰かに必要とされることばかり考える。それが今のお前だ。だがそれでは何も変わらない。時田家に捨てられても、時田家に縛られたままだ」

腹にずしりと響き、動けなくなるほどの重たさを持つ言葉だった。

自覚はしていたのだ。母を失い父に捨てられた日から誰にも必要とされていないのでは、と不安がつきまとっている。それは生家から延びる生臭《なまぐさ》い鎖のように。身動きが取れなくなるまで何重にも絡み合い、手を伸ばすこともできない。

「欲しい、と思っていい。求められるばかりでなく、自分から求めろ。わがままでもいいんだ、欲しいものを作れ」

「欲しい……もの……」

そんなもの、あるのだろうか。まだ身体は縛られたままで、少しでも動けば戒めのように鎖の音が鳴る。必要とされなければ捨てられてしまう、そんな存在が何かを求めるなんておこがましい。

だというのに、聖の心臓は高鳴っていた。この透明な鎖に気づき、道しるべをこの人たちが示している。何て温かいのだろう。

「今は難しいかもしれないけど、オレも手伝うよ」

「トラさん、リュウさん……ありがとうございます」

絆《ほだ》されて、涙腺が緩む。泣きだしてしまいそうなのを堪えて俯くと、トラが笑って肩を叩いた。

「お礼はもう少し先の方がいいかな――ねえ、そろそろ時間だよ」

「そうだな。二人とも、行くぞ」

立ち上がり歩きだす二人を、慌てて聖も追いかける。

「どこに行くんですか？」

「内緒。ついてきて」

向かったのはダイニングルームから繋がるバルコニーだった。扉を開ければすっかり暗くなった庭が見下ろせる。

肌に纏わりつく夏の熱気も厭《いと》わず、リュウとトラはバルコニーの手すりに近づいた。

「聖ちゃんは真ん中で！　オレ、リュウの隣にいたくないし」

「俺もお前の隣は遠慮したいところだ。聖、お前が防波堤になれ」

「防波堤って……お二人とも仲良くしてください！」

リュウとトラに挟まれながら聖が叫ぶ。すると、どちらからともなく笑い声があがった。顔をくしゃくしゃに歪ませて笑う二人の様子は、この場を心から楽しんでいるようだった。迷いも偽りもない、綺麗な笑顔だ。

大人でもこんな風に笑えるのかと眺めているうち、聖もつられて口元が緩む。

「アハハ、おっかしい……あ、ほら。そろそろ来るよ」

そしてトラが空を指さした瞬間。

ドン、と大きな音が鼓膜をびりびりと揺らし、少し遅れて光の花が暗闇で弾けた。蕾《つぼみ》のように小さな粒が空で広がって大輪の花となる。

目を閉じたいほどの眩《まぶ》しさなのに、不思議と目が離せない。花が消えてはまた音がして、別の花が咲く。一瞬しか咲かぬ光の花は、色や形を変えて、次々と打ち上がる。

「……花火だ」

音に紛れて、リュウが呟いた。

「お前に見せたかった。見せてやりたいと思ったんだ」

「リュウと話して用意したんだよ。これを知らないなんて勿体ないからね」

自分のためにここまでしてくれている二人を裏切っていたのだ。薬を飲まず騙し、二人を傷つけてしまった。夜空に広がる光の花は後悔の色をしていて、聖の胸を締めつける。

遠くの方で打ち上がり、花を咲かせて、消えていく。まばたきをしている間に終わってしまいそうな速さ、それは夏に似ている。この夏が終わっても今日のことを忘れたくない。学園に戻っても――彼らを裏切りたくないと聖は思った。

最後の花火が消えた後、聖は改めて二人に告げた。

「リュウさん、トラさん――僕はもう、お二人を裏切りません。隠し事もせず、ちゃんと薬を飲みます」

「ああ、これがラストチャンスだ」

大きく頷いた聖に、トラが近寄る。夏の夜の湿度で汗ばんだ手を両手で握りしめると、俯いたまま言った。

「……聖ちゃん、オレからも話がある」

その声音は明るいものではない。聖が後悔を感じた花火と同じような、香りがした。

「オレは……オレたちも隠し事をしていたんだ。大切なことをあんたに話してなかった」

「トラ、それはまだ――」

「話そう。オレたちも聖ちゃんを信じなきゃ」

深く息を吸いこんだ後、トラは語る。

「前に、オメガの発情を抑える方法は二つあるって話をしたでしょ。一つは薬を使うこと。そしてもう一つある。それは薬と違って副作用のない安全な抑制方法。その方法なら、人より強いフェロモンのあんたでも、簡単に発情を抑えることができる」

「薬を使わない抑制……それって……」

「番《つがい》になること」

番、と聞いてもピンと来ない聖だったが、その単語が出た瞬間にリュウがため息を吐いた。トラと違い、リュウはこのことを隠しておきたかったのだろう。

「オメガと番になれるのはアルファだけ。アルファを見つけて番になれば、あんたのフェロモンは番の相手にしか効かなくなる。つまり垂れ流し状態じゃなくなるんだ」

「……アルファを、見つける」

聖は二人を交互に見た。アルファなら目の前にいる。ならばどちらかが聖を番に選べば、薬を飲まなくてもよかったのでは。しかしその思考は、リュウによってかき消された。

「アルファは何人でも番を持つことができるが、オメガの番う相手は生涯で一人だけ。そして番になってしまえば、解消することは二度とできない」

「……だから、話していいか迷ったんだ。これを知ってしまえば、あんたは適当なアルファを探して番になってしまうかもしれない。でもオメガにとっての番は簡単なものじゃない。一生がかかっているんだよ」

二人は聖を心配して、このことを隠していたのだ。トラの言う通り、最初に番のことを知っていたのなら、聖はアルファの者を探し回っただろう。相手がどんな人だろうがアルファで自分を求めてくれるのなら、それが強力なフェロモンにあてられただけの関係だったとしても、聖はやすやすと受け入れて番になったに違いない。

「運命の番って言葉がある」

「運命……？」

「アルファとオメガには定められている運命の番がいて、それは出会った瞬間にわかるらしいよ。本当かどうかはわからないけど」

運命の相手を見つけたことがあるのだろうかと二人に視線をやると、リュウは「夢物語だろ」と話し、トラも同調するように肩を竦めておどけてみせた。

「俺たちもお前を信じる。だからもっと欲張りになって俺たちにわがままを言え。お前が学校を卒業しても、俺たちがついている」

「うん――聖ちゃんが運命の番を見つける日まで、ね」

遠く、遥か遠くの方で、花火が消えていくのがわかったのだ。

それは現実ではなく聖の心の、感情や気持ちやそういった何かを打ち上げたもの。

二人の姿も、自分の思考も、闇の中に放りこまれたように掴むことができない。夏の夜とはこんなにも暗かっただろうか。

隣にいる二人を遠く感じ、胸が締めつけられた。花火とはこんなにも苦しいものだと、初めて知ったのだった。

花火の夜を終えた翌日。リュウとトラは会社へと戻ってしまい、別荘には聖とわずかな使用人だけが残った。それでも二人は仕事の合間や休みのたびに聖に会いに戻ってきたので寂しいと感じることはなかった。

そうして聖に様々なものを残した夏は過ぎ去っていく。

＊＊＊

八月の終わりに聖は寮に戻った。久しぶりの自室は気持ちが落ち着く。荷物といえばわずかな着替えと別荘で使用した勉強道具ぐらいで、それらが詰められた小さなボストンバッグを床に起き、ベッドに倒れこんだ。

「……久しぶりだ」

枕を抱きしめてうずくまっていると信清が部屋に戻ってきた。聖の姿を見るなり、歓喜の声をあげる。

「聖！」

ベッドに駆け寄り、聖の顔を覗きこむ。信清は相変わらず元気そうだった。夏季休暇の間、部活動に励んでいたようで前よりも日に焼けている。二ケ月ほど会っていなかっただけなのに顔つきが大人びて見えた。

「無事に戻ってきてよかった……」

心配をかけたことだろう、少しでもそれを埋めることができたら。聖は起き上がって、信清に笑顔を向けた。

「ただいま」

信清の手が聖の頭を撫でる。そして「おかえり」と優しく返した。

「夏の間はどこにいたんだ？」

向かい側のベッドに腰を下ろした信清が聞く。

別荘から信清に連絡は入れたが、あの時はリュウが側にいたため、詳細を話すことはできなかった。体調を崩し学校に戻れないとだけ伝えていたため、気にしていたのだろう。

「保護協会の人たちと一緒にいたんだ」

「前に、学校に来てた二人？」

聖は頷き、「リュウさんと、トラさん」と二人の名前を話した。

以前信清に二人のことを話した時、保護協会やアルファに警戒している様子だった。アルファならば聖を傷つけるとまで言っていたのだ。リュウもトラもそんな人ではない。むしろ逆だ。それを信清に伝え、保護協会とアルファに対する誤解を解きたかった。

「最初は怖かったけど、二人ともいい人たちだよ。僕が花火を知らないって話したのを覚えていて見せてくれたんだ。他にも僕が困らないようたくさん気遣ってくれた」

くる。

聖が饒舌《じょうぜつ》に語ることは珍しい。夏の日々ははっきり頭に残っていて、次から次へと溢れてくる。

「二人はアルファだけど、僕が想像していた酷いアルファじゃない」

「そっか。こんなに楽しそうに喋る聖を見るのは久々だよ。いい人たちに会えてよかったな」

言葉だけでなく態度にも出ていたのか、と急に恥ずかしくなる。確かに口元は緩んでいた。

慌てて表情を戻す聖に信清は苦笑した。

「聖を気にかけて、だから体育祭にも来ていたんだな」

「体育祭……」

「騎馬戦が始まる前に、あの二人と話しているのを見ていたんだ」

夏の思い出に追いやられて、体育祭のことはすっかり忘れていた。あの日のことが脳裏にぽつぽつと浮かびあがってくる。

「ほら。聖は具合が悪そうだっただろ？　だから気になって遠くから見ていたんだけど、聖がいなくなった後にあの二人もいなくなったから心配していたんだ」

どくん、と心臓が跳ねた。ここには信清と聖しかいないのに、見えない三人目が聖の肌を撫で、粟立《あわだ》たせている感覚。その触り方は、自分の快楽を求めるだけの、他人を無視した指先。

体育倉庫でのリュウとトラに似ているのだ。

言葉が出なくなる。頭の中が真っ白になっていた。

「クラスのやつに訊いたらあの二人が――って、聖？　聞いてるか？」

信清はどこまで知っているのだろう。

聖が様々な人たちと関係を持ったことは信清も知っている。今更、その人数が増えたところで驚かれることはないと思うのだが、躊躇ってしまう。

今まではあっさりと相談できていたのに、体育祭の日のことを話すのが怖い。信清がリュウとトラを警戒しているからだけではない。もっと奥深く、聖自身でもわからない感情が鎖になって閉じこめているのだ。

「あ、あのね！　今度はちゃんと薬を飲もうと思うんだ」

露骨な話題転換だっただろうかと恐る恐る顔を上げれば、信清は目を丸くして固まっていた。

「薬って、発情抑制剤か？」

「うん。次こそ飲まなかったら保護特区送りになっちゃうから……」

だから飲むよ。と言いかけて唇がぴたりと止まった。

保護特区に行きたくない理由は何だったか。なぜ、聖は学園に残りたいと考えていたのだろう。

それは学園の者たちに必要とされているからだったのだ。発情期に入った聖に惹かれ、身体を求められる。求められることが嬉しくて、だからこの学園に居場所があると思っていたのだ。

だが抑制剤を飲み発情を抑えれば、セックスはしなくなるのだろう。今までだってそうだ、彼らとするのは発情期の時だけ。それを抑えてしまえば必要とされなくなる。学園にいたところで必要とされていないのなら、保護特区へ移ってもいいのではないか。

そこまでわかっているのに行きたくないと考えてしまうのだ。保護特区を拒否する理由が、暗闇の中に放り出されてしまったように見えず、手を伸ばしても届かない。

「……保護特区か。それは俺も、行かないでほしいな。聖と離れたら寂しくなる」

聖の心中を知らず、信清が呟く。

「でも、薬を飲むと聖が辛いだろ？　その……溜まることだってあるだろうし」

「それは確かに辛いけど」

それでもあの花火に誓ったのだ。聖はゆっくりと頷き、信清の瞳を見据えた。

「リュウさんやトラさんを裏切りたくないんだ。二人を信じてる」

これが素直な聖の気持ちだ。もう曲げることはない。

信清はしばらく聖を見つめた後、根負けして息を吐いた。

「……聖がそう決めたんだったら、応援するよ」

「うん。ありがとう」

「俺にとって聖は大切な存在だからさ、どんな時でも一番の理解者になりたいんだ」

穏やかに細められた目が、聖の胸を温めていく。不安が薄れていくようだ。家族に恵まれることはなかったが、従弟には恵まれた。親戚という枠を超え、親友という名が相応しいのだろう。

次の発情期は九月末。これから学校が始まり、その慌ただしさに巻きこまれてしまえばあっという間に発情期が来てしまう。トラからもらった抑制剤を取り出し、ピルケースに移していく。

「普段の薬もあるから……飲む数が増えたなあ」

高校生に入った頃から飲んでいる薬。これは身体が弱い聖のために用意されたものだ。効果は「免疫力を高める」だったはずだ。飲むのを忘れないようにしなければ。机に向かっていると、後ろから信清に声をかけられた。

「……あのさ、」

薬の移し替えに集中していた聖は後ろにいた信清に気づいていなかった。振り返ろうとしたが、両肩を包むように抱きしめられて動くことができない。突然の接触に一瞬頭が真っ白になるも、何とか振りきって、恐る恐る訊く。

「信清？　どうしたの？」

「……冷たいよ、聖」

クーラーは効いているが、部屋はそこまで冷えきってはいない。知らぬ間に身体が冷えていたのか。思考を巡らす間に、信清が続けた。

「ねえ、どうして発情期以外にセックスしないの？　別に発情期じゃなくても、いつだってできるのに」

発情期以外にする発想は聖になかった。その行為は求められているからするだけであり、求められるのはフェロモンをまき散らす発情期の時だけだ。

どうしてだろう。信清が投げた問いを反芻する。今まで考えたこともなかった。発情期ではない時、誰を相手にすればいいのか――。

「聖はとても可愛いから声をかければ学園の誰だって抱いてくれるよ。ストレスを溜めて辛そうな聖を見ていたくないんだ。誰も相手にしたくないなら俺が――」

背から伝わる信清は苦しいのか、手が震えていた。

巻きついた腕からしばらくぶりに感じる他人の温度。だが不思議なことに心は動かない。相手が信清だから、いやそれだけではない。誰が相手だとしても以前のような高揚は生じないだろう。前までの聖ならば手を伸ばしてくれる者がいれば受け入れ、身体を求められれば差し出していたのに、今は想像ができない。

どうしても比べてしまうのだ。夏の名残《なごり》。頭に残った影。声はもっと低くて、抱きすくめる腕だって逞しかった。痺れるような甘い香りのする幻影が振り払えない。

「……何か変だよ。疲れているんじゃない？」

信清の手を優しく撫でて宥める。素っ気なく突き放した一言に、一瞬、信清は息を止めた。

「いつもの信清らしくないよ」

「いつもの……か」

諦めたように信清の腕から力が抜ける。

「……そうだな。ごめん、俺らしくなかった」

そして数歩、聖から離れた後、信清は背を向けた。

「疲れているのかもな。俺、冷たいもの飲みに行ってくる」

部屋から出ていく姿を引き留めることはできなかった。

もし信清に求められたとしてもその手を取ることはない。この夏を知らなかったとしても、それを選ぶことはできなかった。

信清は親戚であり、親友。どんなに距離が近づいても、肌が重なることはない。

「ごめん、信清」

ぽつりと呟いた言葉は、扉が閉まる音にかき消され、信清に届くことはなかった。

＊＊＊

通常であれば九月の末から発情期が始まるはずだ。それを計算していた生徒たちが聖のもとにやってくる。末日が近づくにつれ、その数は増えていった。

「なあ、時田。予約したいんだ」

「抜け駆けするなよ。今度は俺も予約を――」

保護協会に怯える教師たちが聖を抱こうとすることはなくなったが、生徒たちの予約申しこみはやまない。前回、前々回の発情期が彼らにとって不発に終わってしまったため、今度こそはと考えているのだろう。

オメガのフェロモンが濃く放出されるのは発情期だけだ。発情期でない今は影響を与えていないと思われるが、一度覚えてしまった味は忘れられない。次の発情期こそ獲物を逃すまいと事前に手を打つほど、彼らはオメガに溺れている。

聖はしっかりと意志を持ち、首を横に振った。いつもの手帳は机の中に隠したまま、取り出すことはない。

「ごめん。できないんだ」

聖は頭を下げる。

「できないって……何で急に。今まで散々ヤりまくってただろ⁉」

「今度からそういうことはしないって決めたんだ」

こうして何人も断っているが納得できないといった様子で粘られることが多い。理由として保護協会のことを話せば彼らの腑に落ちたのかもしれないが、聖がそれを口にすることはなかった。

「俺がヤりたいって言ってんだから時田は従うしかないんだ。嫌がるなら無理矢理にでも──」

逆上した生徒に腕を強く摑まれ、その痛みに小さな悲鳴をあげた時、信清が間に割りこんだ。

「そこらへんにしておけよ。困ってるだろ」

「でも、時田が──」

「聖に乱暴したら、俺が許さない」

信清にしては珍しく低い声。生徒を睨みつける眼光は獲物を狙《ねら》う鷹《たか》のように鋭かった。

「わ、わかったよ。諦める！　諦めるから！」

その気迫に怖気《おじけ》づいた生徒は聖の腕を離し、教室を走り出ていく。

足音が聞こえなくなってから、信清は警戒を解いた。いつもの爽やかな姿に戻っている。

「……何人目だよ、これ」

予約を申しこまれ、断り、脅される。このやりとりは今日だけでも三回目。そのたびに仲裁に入っている信清が呆れるのも当然のことだ。

「発情を抑えるのはいいけど、皆に理解してもらうのは大変だな」

「……うん」

「諦めて何人かとヤればいいんじゃないか。そうしたらあいつらも落ち着くだろ」

聖が首を横に振ると、「わかってる」と不貞腐れた声がした。

信清にまで迷惑をかけてしまっているのだ。何とかしなければと思ってはいるのだが、いい案が出てこない。抑制剤を飲まないという選択肢は頭から消えている。

「もう少し、うまい断り文句を考えなきゃ。皆が納得してくれる理由があればいいんだけど」

そう言いながら、頭に浮かぶのはリュウとトラから聞いた『番』だ。

アルファと番になれば断る理由になるだろう。それならば生徒たちも納得してくれるかもしれない。発情抑制剤も飲まなくてすむ。いいことだらけだ。

なのに――番のことを考えるたびに、胸が苦しくなる。たった一人の運命の番。いつか見つけることができるのだろうか。

＊＊＊

飲みづらいブルーグリーンの錠剤を唾液に絡ませ、何とか喉に送りこむ。効果を実感することはないが、身体に溶けていくのだろう。

これを繰り返し続け、日付は九月の末。薬を飲んでいなければ発情期に入るだろう。

この日は特別だった。今日のことを考えれば眠るのが遅くなるほど楽しみにしていたのだ。

その理由は――。

「職員玄関前に先生たちが並んでるけど、何かあるのか？」

「来客らしいぜ。スーツの人が二人来ていたよ」

廊下がざわつき、生徒たちの会話が教室にも響く。この騒ぎは彼らの到着なのだろうと察し、それを待ち望んでいた聖は教室を出た。

廊下の窓から見れば、以前見たのと同じ仰々しい出迎えが始まっていた。教師らが並んで、特別な来客を迎えている。

その来客とはリュウとトラだ。忙しいと聞いていたこともあり、夏からずっと会っていなかった。久しぶりにその姿を見るだけで、あの甘い匂いが蘇る。近くに行けば、またあの香りがしているのだろうか。

「聖！」

職員室に向かおうとした時、信清に呼ばれた。どうやら聖を追いかけてきたらしい。

「これから会うのか？」

「そろそろ呼び出されると思うから、職員室に行こうかなって」

「そっか。途中まで俺もついていくよ。心配だからさ」

聖が他生徒から危害を加えられるのではないかと案じているのだろう。すべての予約を断っているが、納得できず過激な行為を思いつく生徒たちもいる。一人で行動してしまえば何が起きるかわからない。そんな中で信清の護衛はありがたいものだった。

騒がしい廊下を歩きながら、信清が言う。

「あの二人が、信じたい人たちだろ？」

「うん。黒髪の人がリュウさん。もう一人の肌が白くて長髪の人がトラさんだよ」

聖が説明すると信清は窓に視線を移した。二人は校舎に入ったのか、職員玄関前から姿は消えている。並んでいた教師たちも室内に戻るところだった。

「……金嶋、だっけ。あの有名なカネシマグループの人たちなんだろ」

この閉鎖的な学園にいるため信清も知らないのだろうと思っていたが、まさか知っていたとは。どうやら聖だけが世事に疎いのかもしれない。

「超上流階級。お金持ち。おまけにアルファでエリート様か……羨ましいな」

「信清もアルファになりたかった？」

「そりゃ憧れるよ。聖だってそうだろ？」

「うん……そう、だね」

言葉を濁したのは、以前ほどアルファになりたいと願っていないことに気づいたからだ。昔は自分がアルファだったら捨てられることはなかったのにと考えていたのだけれど、今は薄れてしまった。それは自分がベータではなくオメガだとわかったからなのかもしれない。

階段を下りると騒がしい声が聞こえてくる。そこには教師たちに囲まれたリュウとトラがいた。

二人も聖がやってきたことに気づいたのだろう――視線が重なった、のだが。

どくり。心臓が脈打つ。血液が粘ついて、血管を流れていく音すら聞こえてしまいそうなほど、感覚が研ぎ澄まされていく。

「あ……あれ……？」

一歩。踏み出したはずの足裏に鋭く痛みが走る。剣山でも踏み抜いたのかと足元を見ても、そこには見慣れた廊下の床があるだけ。

足だけではない。腕も、頭も、身体すべてが敏感になっている。皮膚を何枚も剝いて、赤い傷口を曝け出し、そこに冷風を当てているようだ。

「聖、どうした？」

聖の異変に気づいたのか、信清が手を伸ばした。

「ひっ……」

指先が触れただけで、身体がぴくりと跳ね上がる。このやりとりで、聖は自身に起きているものを理解した。

「何、で……どうして……」

発情している。発情期に入ってしまったのだ。

抑制剤は一日も欠かすことなく飲んでいた。溜まった熱を慰めることだってしていない。なのにどうして。高ぶる熱が理性を揺らし、視界がチカチカと明滅する。

「時田！」

「聖ちゃん！」

声がした。あの甘い香りが近づいてくるのだ。

「いや……やだ、来ないで……」

二人を信じて薬を飲んだというのにまたしても二人を裏切って発情期に陥ってしまったのだ。合わせる顔がない。

逃げ出したい気持ちはあれど身体が言うことを聞かず、信清にもたれ掛かるようにして座りこんだ。

意識がふわふわと揺れる。ここが現実なのか幻なのかわからなくなるほど、聖の意識が熱に冒されていた。その世界にリュウとトラが入りこみ、聖の顔を覗きこむ。

「……チッ、どうして発情期に……」

「急ごう。緊急用の抑制剤は使えない。早く聖ちゃんを隔離しないと周りに影響が出る」

腕を掴まれて無理矢理立たされているのに、その感覚がない。むしろ腕を掴む指先の方がはっきりと伝わる。鋭い刃になって肌に刺さるようだ。

「聖をどこへ連れていくんですか」

聖を引き剝がし、連れていこうとする二人に信清が問いかけた。

「お前には関係ない、どけ」

「関係あります！」

邪険に扱われようとも信清は引かず、なおも食い下がる。

「……俺は、時田信清。聖の従弟です」

信清の名にリュウは目を見開いた。「お前が……」と呟きながら、上から下へと見下ろす。

そのやりとりを、聖は幻のように感じていた。意識は虚ろで、二人を止める力すら出てこない。

「今更親戚気取りか」

「……っ!?」

「従弟だというのなら、こいつの身体や屈辱を受けてきたことも知っていただろう。それを止めずに何が従弟だ。お前はこの学園に蔓延《はびこ》るやつらと同罪だ」

「それは……」

信清は言葉を呑みこんだ。何も言い返せず、苦しげに顔を歪めるだけ。

緊迫した二人の間を割いたのはトラだった。聖を抱きかかえて叫ぶ。

「リュウ、行くよ！」

「わかった――学園には後ほど連絡する」

ざわつく教師たちに告げ、リュウも後を追う。

信清が、学園が、遠ざかっていく。

疲労と発情の反動で、身体が重たい。

薄れていく世界で聖が最後に見たものは、三人を目で追うことすらせず床を睨みつける信清の姿だった。

＊＊＊

聖が意識を取り戻した時、そこは薄暗い場所だった。あまりの暗さに夜かと思ってしまったが、室内に窓はなく、時間を確認できるものはない。

起き上がろうとしたが――手首に冷たいものが引っかかり、起き上がることはできない。それを嘲うように、ガシャリと金属音が響いた。

「な、に……」

暗さに慣れてきた目で見やれば服は身に着けず、手脚には枷《かせ》が付いていた。枷から延びた鎖はベッドフレームに繋がれている。さらにもう一本の鎖があるがこれは聖の首に向かっているようだ。首に違和感がある。おそらく首輪も着けられたのだろう。

拘束から逃れようと身を捩るも、鎖から逃げることはできず、その代わりに枷と肌が擦れた刺激が、電気のように全身を走った。

「んんぅ……」

身体は発情期に入ったまま。熱に冒された頭は刺激を求めて、再び身を捩らせろと命じている。ただ金属が触れただけなのに、この異常事態も構わず、自身に熱が集まっていった。

そこでようやく、声がした。

「主役のお目覚めみたいだよ」

声の主はトラなのだが、普段と違う冷たさを含んでいる。嫌な予感がして身体を強ばらせた。

「じゃあ、始めるか」

リュウが返事をし、上着のポケットに手を入れた。その様子を見た聖は安堵した。きっとリュウは緊急用の発情抑制剤を用意している。となれば身体を襲う熱からまもなく解放されるだろう。

しかし聖が聞いたのは、ぱさりと上着の落ちる乾いた音。そして首筋に触れたのは冷たい針先ではなく、熱いものだった。

「あ……な、なに……を」

妙に柔らかく、吐息を近くに感じる。これは注射ではなく唇なのだと気づけば、身体が悦んだ。

首に落ちた瞬間に唇は割れ、中から現れた舌が首筋を舐めあげる。そして耳朶《じだ》までたどり着くと、リュウが囁いた。

「こう、されたかったんだろ?」

「だからまたオレたちを裏切って薬を飲まなかった。淫乱なオメガだもんね、あんたは」

瞬間、理解する。

この二人は、聖が自らの意思で薬を飲まず発情期に入ったと思っているのだ。

「違いますっ」

否定するも、二人の表情は冷えきっていて変わらない。何せ聖は一度裏切っている。その前科があるだけに、ここで否定しようが二人にその言葉は届かない。

どうすれば薬を飲んだとわかってくれるだろう。その悩みはまもなくかき消された。耳元を舐める舌に加えて、リュウの指が胸部をなぞる。

触れるか触れないかといったもどかしい動き。それは外気に晒されてぴんと勃ち上がる赤い花芽を避け、周囲を愛でるだけ。刺激を待ち望み、焦れったさに身を捻《ひね》らせてみるも、指はするりと逃げてしまう。

「何だ。触ってほしいのか」

本当は頷いてしまいたい。触れてほしいと懇願したかった。

だが屈してしまえば、触れられたくて薬を飲まなかったと告げてしまうようで、聖は唇を噛んで欲を押しとどめた。

身体を震わせながらも、顔を背けて抵抗する聖を見下ろし「なるほどね」とトラが嘲笑《あざわら》う。

「素直じゃないんだ。でもほら、ここはこんなになってる」

「――ぁ、っ」

股間でむくりと勃ち上がる男根をトラの指が弾いた。煮え滾った血液が集うそれは弾かれようが形を変えずに天を向き、それどころかより一層、身を固めた。

「ここがどこだかもわからず、散々に扱われようとしているのに興奮しちゃうんだ。オメガってより、あんたが変態なんだろうね」

トラはそう言って、聖の昂ぶりを握る。手のひら全体で包みこみ、先端から根元へずるずると下ろしていく。

根元にたどり着けば再び先端を目指し、そのゆっくりした往復は屈辱に似ている。達するには至らない速度で、聖を煽《あお》っているのだ。身体は正直なもので、意図せずともトラの指先に合わせて腰が動いてしまう。

「こっちも、だろ?」

さらに後孔も。くすぐるように、リュウが弄ぶ。臀部や後孔の周囲を爪で軽くなぞり、その焦らし方は聖が屈するのを待っているようだった。

二人とも、ヒートに入ってしまったのだろうか。聖のフェロモンに反応し、体育倉庫の時と同じく理性を失ってしまったのか。リュウもトラも、氷のように冷たい顔をしていて、訊くことができない。獲物の捕食を狙う獣の前で口を開いてしまえば、そのまま食べられてしまいそうだ。

「オメガってさ、快感に弱いんでしょ。ほら、もっと触ってほしそうにしてる」

「おい。それじゃ躾《しつけ》にならないだろ。さっさとアレを付けろ」

そのまま、もっとしてほしいのに。しかしトラの指先はするりと離れる。そして取り出したのは黒い輪のようなものだった。

「これ、何だと思う？」

指輪に似ているが、デザインはシンプルな黒一色で、材質も金属ではなくゴム製のものだ。

「わかり、ません……」

見当はつかなかったが、トラの意地悪な笑みから、そこにあるものがひどく恐ろしいものだと思えてしまう。

「このリングはね、こうやって使うんだよ」

「あ、あああ──ッ」

ずるり、ずるり、リングが男根に落ちていく。血が滾り勃ったままの男根に小さなリングを通すのは難しく、ゴムの強い締めつけによって強い摩擦が生じる。皮膚や血液といったあらゆるものを巻きこむような苦しさの落下は、根元に至ってようやく動きを止めた。

恐怖のあまり男根に視線を送れば、それは黒い輪で絞められて鬱血《うっけつ》した、異質なものに変わっていた。

「苦しっ、何で、こんなこと……」

「躾だからな」

聖の問いに答えたのはリュウだった。起き上がり、聖に見せつけるように自分の首に注射を打つ。

液体が、リュウの身体に吸いこまれていく。

「その薬は……」

「ヒート抑制剤。追加で打っておかないと、途中で切れてお前のフェロモンにあてられたら困るからな」

ヒートで理性を失い、だからこの状態になっているのだと思っていたのだ。だが、二人の瞳は体育倉庫の時と違って、しっかりと聖を捉えている。

注射器の落ちる音が聞こえた。見ればトラもヒート抑制剤を打ち終えたところだった。

「どうして。今の二人はヒートなんじゃ……」

「理性をぶっ飛ばしてセックスしたところで、躾にならないでしょ」

発情の熱に浮かされているのは聖だけで、この二人は違うのだ。理性を保ち、正気の上で聖を弄ぼうとしている。それに気づいた瞬間、羞恥心がこみあげた。

冷静さを保つ彼らは、乱れ喘《あえ》ぐ聖の姿を記憶に焼きつけることだろう。理性のない獣の交わりだったと言い訳をすることはできない。聖だけが、舞台の上で踊るのだ。

視界からトラの姿が消えた。だが居場所はすぐにわかった。リングに押さえつけられて苦しげな男根に、刺激が走る。

「く、ぅっ……」

トラ、だろう。姿を確認する余裕はなかった。

冷たい粘液をまぶした手で擦られる。先ほどのようなゆったりとした動きではなく、緩急ををつけて根元に燻る精を呼び起こすもの。粘液のおかげで肌の感触はなく、ぬるぬるとした生き物に包まれているようだ。しかしきついリングに押さえつけられているため快感に苦痛が交じる。

「すっごい膨らんでる。これならリングの意味がないね、すぐに出ちゃうんじゃない」

「は、ずして……くださ、」

「だめだめ。躾なんだから」

弄ばれているのは股間だけではない。熱い吐息が胸にかかる。リュウの、漆黒の髪が視界の端で揺れていた。

あれほど触れてほしいと願っていた胸部の花芽は、今や刺激に怯えていた。トラだけでなくリュウにまで攻められたのなら耐えられない。普段ならば精を吐き出していたかもしれない快楽を、リングにとどめられているのだ。これ以上高まってしまえば、より苦しくなる。

だが、切ない願いは届かず。熱い舌先が紅蕾を捕らえた。つつかれ、転がされ。それに合わせて甘い疼きが生じ、声を出さぬように唇を噛みしめていても、切ない呻きが漏れてしまう。

「……ぁ、そこ、は」

「ココが弱いのか？」

「ちが、ぁ、」

「ねえ。こっちも食べちゃってい―い？」

男根にも舌が絡みつく。歪なリングを着けた男根はトラの口中に消えていた。蕩けてしまいそうな柔らかさに包まれ、さらに窄《すぼ》まった唇が優しく締めつける。トラの口中は熱く、今にも

溶けてしまいそうだ。

「んぅ、口でするのはっ……」

制止を聞かず、聖自身を咥えたままトラの頭が上下に動く。隙間から漏れた涎《よだれ》が淫猥な音を生み、鼓膜まで犯されているようだった。

精も血も、身体を巡るものが暴れる。放出を求めて焦れ、聖の男根は普段よりも膨れあがっていた。

溜まったままの熱が切なくて、出せないことが苦しくて――聖の目からぽたりと、涙が落ちた。

「……だ」

「なあに？　聞こえない」

「出、したい……ですっ」

屈してしまった。唇を噛みしめてもこれ以上耐えられない。この苦しみから逃れ、楽になりたかった。

「イきたい、がまん、つらくて……」

「だめ」

「で、もっ」

懇願を無視し、さらに快感は増していく。リュウもトラも、それぞれの愛撫は過激になり、聖の男根はぴくぴくと震えていた。

そして、とどめを刺すように。ずぷりと後孔に指がねじこまれる。

「あ、ぁ、」

閉じきっていたそこを無理矢理かき分けて侵入した指先が秘肉を弄る。指の腹で内壁を擦れば、上擦った声と共に聖の身が捩れた。

「くる、し……出ちゃう、イきたい……ッ」

三ケ所から与えられる刺激に耐えることはできなかった。溜まった精が駆けあがる。

「ぁ――――！」

それでも通常の射精ほどの爽快感はない。リングに妨げられているため、勢いよく放つことはできず、先端からぽたぽたと白濁液が漏れるだけだ。

情けないその姿に二人の視線を感じる。見られてしまったのだと思えば、屈辱に目の前が暗くなり、このまま消え去ってしまいたいと視界が滲んだ。そんな聖をより傷つけるように、リュウが嗤う。

「着けたままなのに信じられないな。トラ、外してやれよ」

ようやく外してもらえるのだ。安堵する聖だったが、身体は逆である。散々圧迫され、溜めに溜めてしまっているのだ。これが今、枷を外されてしまえば――聖がそのことに気づいたのは、トラがリングを外す直前だった。

「ま、って。やめて、それ外しちゃ――」

きっと二人は、このことまで予測していたのだろう。トラがにやりと、意地悪な笑みを浮かべたのが見えてしまった。

そしてぷつりと、壁が壊れる。

「あああッ、だめえええ――！」

甲高い悲鳴と共に、聖の精が放物線を描いて放たれていく。普段より粘り濁ったものが宙を舞った後、脚にぽたぽたと落ちた。

焦らされたこともあり、比べものにならない射精の快感だった。精だけでなく身体の力ごと、見えないものに引っ張られ、吸いこまれていくようだ。

「……ねえ、イきたかったんだよね？　オメガはこんなもんじゃ足りないでしょ？」

荒い呼吸を繰り返す聖が聞いたのは、悪魔の囁きだった。頷くことも首を横に振ることもできずにいると、トラが再び男根に指を添わす。達したばかりの身体は、そのかすかな感触にすら反応する。身体が大げさに跳ねて、指先を拒否した。

「躾だからな」

リュウの冷ややかな言葉と共に、聖の首に何かが触れる。その正体を確認すべく視線を落としかけたところで、喉に苦痛が走った。

「か、はっ……くる……しっ」

リュウの手が、喉を塞《う》いでいる。首輪ごと押しつけるようにして首を絞められ、息ができない。身体が酸素に飢えていく。

苦しさに抵抗をしたくても手は固定されていて動かせない。抵抗できずに悶えるだけ。視界が揺れて、股間に集っていた血液たちも勢いを失おうとしていた。

「わあ。苦しいんだね。イイ顔してる」

リュウも、トラも。もがく聖を見下ろす瞳には鋭い刃に似た狂気が秘められている。触れてはいけない、危険なものだ。

　トラの頭が落ちる。中に残った精を搾り取ろうと男根を咥えこみ根元から吸い上げる。特に敏感な先端は舌と手を使って責めたて、まるで聖の弱点を知っているかのようだった。

　死の恐怖と強烈な快楽。二つの感情に引っ張られ、何も考えることができなくなる。

　意識が落ちてしまいそうなところでリュウの手が離れた。解放されて喉が鳴る。ようやく酸素を得るも、頭はくらくらと揺れて悲鳴をあげていた。

　しかし、男根への刺激はやまなかった。トラの頭が上下するたびに、艶というよりは悲鳴に近い呻き声が聖の口から溢れる。

　首を絞められたことにより思考が壊され、抵抗する力も奪われたのだ。それでも聖の欲望は力尽きることを許されず、執拗《しつよう》に先端部を扱かれ、再び力を蓄えていく。

「あ、あああ……やめっ……そこはも、う、出ないからっ」

「お前は平気で嘘をついて俺たちを騙すからな。まだまだ出るんだろう？」

「ほんと、にっ、だめ……んぅっ――――！」

　あっさりと屈し、二回目の到達を迎えた。だがそれは、射精とは違う快楽だ。

　普段とは異なる筋肉が細かく震え、熱《いき》り立った男根の孔をこじ開けていく。トラが昂ぶりを深く咥えこむと同時に、精液ではなく透明な液体が噴出した。

　トラは立ち上がって聖を見下ろし、舌を出した。そこには唾液とは異なる、聖が放った液体が溜められている。唇に跳ねた飛沫《ひまつ》も指で掬《すく》い取り、見せつけるように飲んだ。

　トラを汚してしまったのだ。あの美しい顔に自らのはしたない欲は不似合いで、罪悪感が襲いかかる。でも、目を逸らすことはできなかった。

「やらしーね。潮まで吹いちゃって……まだ、出るでしょ？」

汚れを飲みこんだ唇が、艶めかしく光る。

「ごめ、なさ……」

「謝るぐらいなら、薬を飲めばよかったんだよ。もう遅いけど」

二度の絶頂を迎え、特に一度目の絶頂が酷いものだったから余計に、身体が疲れていた。意識が朦朧とし、快楽しか感じない。

まだ許しは遠いのだ。肌が悲鳴をあげ、腰が砕けそうな悦びの中で——聖は呟いていた。

「のんで、いた、んです」

発情が濃くなっていく。性だけが許される身体となり、誰を相手にしているのかもわからないほど。

「リュウさんとトラ、さんを……しんじてるからっ……ちゃんと、くすり、のんでっ」

汗なのか涙なのか。液体がぽたぽたと顔を伝って落ちていく。

熱に冒されているというのに、心は冬のように冷えてしまった。夏の香りは思い出せないほどに遠く。

だが、痛みを覚えても、思い出せなくなっても。あの夏を嫌いになることはできそうになかった。

＊＊＊

聖を嬲《なぶ》りどれほど時間が経ったか。汗が滴り、だらりと垂れ落ちた前髪をかき上げると、リュウは紫煙を吐いた。

部屋では狂宴が続き、寝台の軋む音に交じって聖の呻き声が聞こえる。とはいえ意識はほぼ落ち、突き上げられるたびに声をあげる人形と化していた。

手脚を拘束していた鎖は外したが、首輪は残っている。四つ足をついた獣となった聖の首から太い鎖が伸び、それはトラに握られていた。まるで犬を散歩させているようだ。

冷ややかに見つめているリュウも、先ほどまでそこにいたのだ。鎖を引き、苦しげに身を反らした聖の背に唇を落としたことを覚えている。その証拠として聖の身体には赤い痣がいくつも残っていた。濁った熱を放ち終えた自身はまだ痺れていて、散々犯した窄まりの感触も残っている。

「……信じる、か」

それは聖が残した言葉だった。

リュウも、信じていたのだ。薬を飲むとの誓いは本物で、今度こそ裏切ることはないだろうと思っていた。発情を抑えることも大切だが、何より嬉しかったのは、あの吸いこまれそうな聖の瞳が、まっすぐに自分を映していたこと。

初めて会った時から危険な香りを感じていた。理事長の前で膝をつく聖を見た時に引き返せなくなる気がしていたのだ。行われているのは淫らな行為のはずなのに、頭の芯を撃ち抜くように美しかった。月光を浴び、こちらをじいと見つめる漆黒の瞳が忘れられない。

知るたびに、聖は無垢《むく》なのだと判明していった。適切な教育を受けることができず、アルファベータ問わず惹き寄せ、性処理道具として扱われている。そして聖本人も、諦念してそれを受け入れていた。

黒い瞳は底が見えぬほど深く、もし光が届くことがあればどれほど美しく羽ばたくのだろう。こんなにも思考を奪われる存在は初めてだ。

紫煙が踊る。もやもやとした気持ちは晴れることなく、今のリュウは行く先に迷って漂う煙と同じだ。

「リュウはもういいの?」

声に顔を上げれば、トラがこちらを見ていた。鎖を手放し、ようやく解放された聖も寝台に倒れている。

「ああ、俺はいい。休ませてやれ」

とは言っても、もう寝ているだろう。寝息に合わせて白い肩が上下している。発情期に入ったオメガは、その期間が終わるまで性行為をし続ける獣となる。安らかに眠れるのは疲労が本能を超えた時のみだ。目覚めればまた快楽に研ぎ澄まされた本能と闘うことになる。

「緊急用の抑制剤はもう使えない。聖には辛いだろうが、発情期が終わるまでここに隔離だな」

「その間、どうするの。ずっと一人にさせておくつもり?」

「それしかないだろう」

「……可哀想な聖ちゃん。番さえいれば、楽になるのに」

聖が番を見つければ抑制剤の必要はなくなる。フェロモンは番にしか効かなくなり、番以外とのセックスを試みれば身体が拒否反応を起こす。発情期に入ってもパートナーとセックスをしていれば身体は満たされるだろう。

誰かのものになれば——その言葉が浮かんだ瞬間、ずきりと胸が痛んだ。

「あのさ、オレ……」

顔を歪めたリュウに気づかず、トラが切りだした。慎重に言葉を探っているのか、恐る恐る唇を動かす。

「聖ちゃんの番になりたい」

目を見開いてその姿を見れば、トラは愛おしげに聖を見つめていた。口元は緩み、目には優しさが浮かんでいる。そんなトラを見たことはなかった。だからこそすぐに気づいたのだ。リュウが抱えているもやもやとした気持ちと同じものを、トラも味わっているのではないか。

「誰を番とするかは聖が決めることだ。聖が選ぶのはお前ではなく、他のアルファかもしれない」

冷たく返すと、トラは苦笑した。

「何それ。リュウかもしれないって言いたいの？」

「……決めるのは聖だ」

愛なんて移ろいやすいものだ。堕《お》ちてしまえば二度と戻れず、裏切られて傷つくだけ。ならばそんなもの、知らない方がいい。口にしてしまえば、この感情を認めてしまう。そうなればもう戻れない。

「じゃあ聖ちゃんはオレを選ぶかもしれないね」

背筋がぞくりと戦慄《わなな》いた。聖がトラを選んでしまったら、きっと正気ではいられない。想像することすら耐えられないのだから。

「その時は躊躇わずにお前を殺す」

「何それ。祝ってよ」

「死んだら祝ってやるよ。それにお前だって、聖が俺を選んだらどうする？」

「まずはリュウを殺します」

即答するトラに、つくづく呆れてしまう。これほど嫌いな男はいないのに、残念ながらよく似ているのだ。だからこの言葉が冗談のふりをして本気なのだということもわかってしまう。

「ま、聖ちゃんがオレたち以外を選ぶかもしれないけど。残念ながら信用されてないみたいだし」

聖は疲れ果てて裸のまま眠りについていた。聖の制服を拾い、身体に掛けようとした時——制服のポケットから何かが落ちた。それはプラスチック素材のシンプルなピルケースだ。中には仕切りがついていて、七部屋ある。つまり一週間分に分けているらしい。それぞれに二種類ずつ薬が入っている。

いや、まて、二種類？　リュウはピルケースを取り出し、違和感の正体を手のひらに乗せた。薬の一つは抑制剤。だが何かが違う。ブルーグリーンの粒を光にかざし、様々な角度から見た後、答えを出した。

「……トラ。これを見てくれ」

Premium News

COMICS&NOVELS INFORMATION
2019.01

抗うことのできない、
運命のつがい――。
ドラマCD
レムナント2
―獣人オメガバース―
羽純ハナ
〈CAST〉ダート:佐藤拓也 ジュダ:川原慶久
ルアード:安元洋貴 カイ:榎木淳弥 他
〈価格〉豪華盤:4500円+税 通常盤:3000円+税
豪華盤は、本編CDと特典ミニドラマCDの2枚組に加え、
羽純先生の描き下ろし小冊子付き☆
〈店舗特典〉【アニメイト】缶バッジ(ジャケットイラスト)※豪華盤のみ
【コミコミスタジオ】クリアファイル(ジャケットイラスト)
【ステラワース】缶バッジ(コミックス2巻表紙イラスト)
ドラマCD
2019年
2月23日(土)
発売!!
大好評
予約
受付中!
コミックス第3巻は2/22発売! ドラマCD&コミックス大好評予約受付中!
瀬あん
著 桜庭ゆりん
著 ろむ
著 束原さき

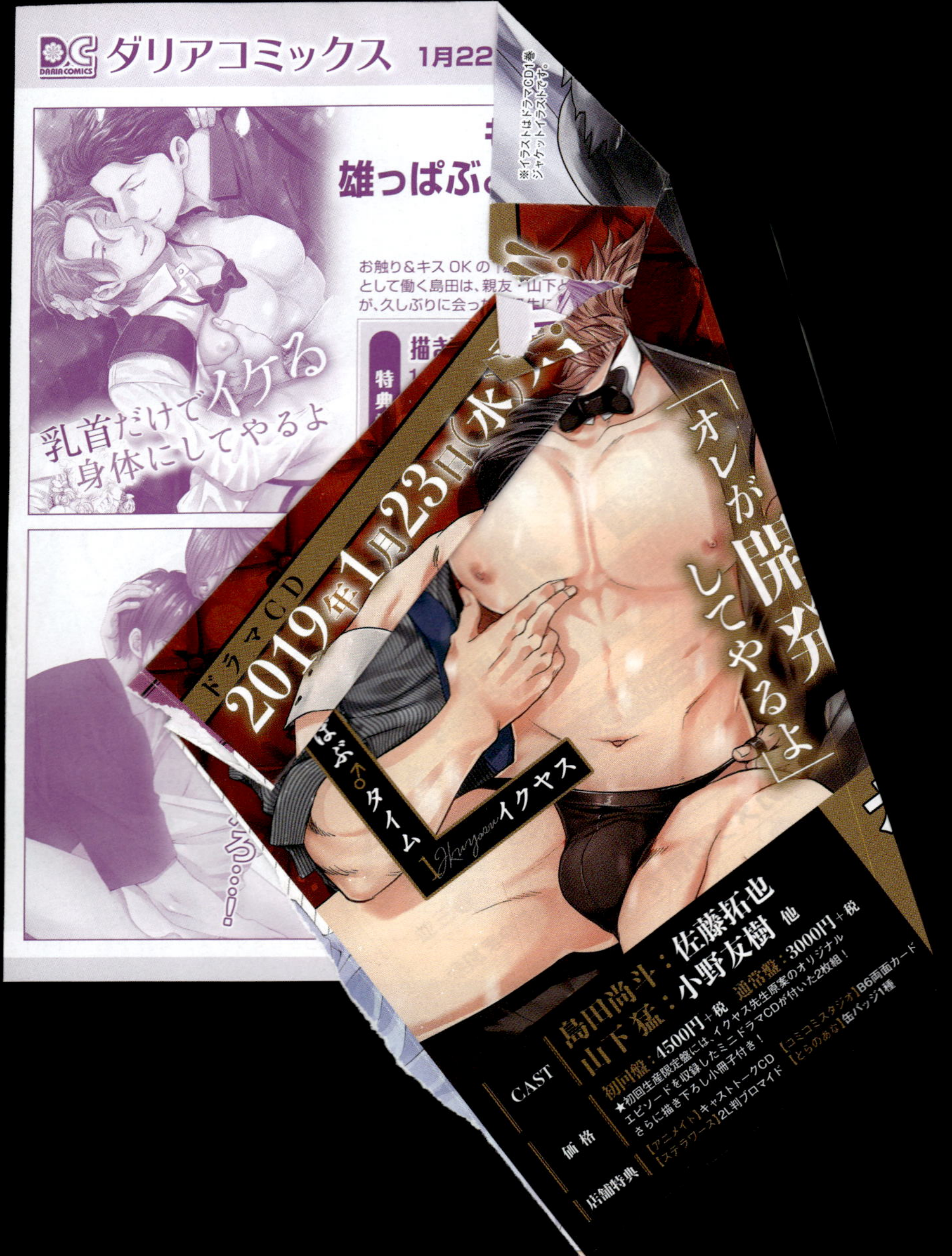
ダリアコミックス 1月22
DARIA COMICS
雄っぱぶ
お触り＆キス OK の
として働く島田は、親友・山下と
が、久しぶりに会った
描き
特典
乳首だけでイケる
身体にしてやるよ
※イラストはドラマCD1巻ジャケットイラストです。
ドラマCD
2019年1月23日(水)
「オレが開発してやるよ」
雄っぱぶ◇タイム 1
イクヤス
CAST
島田尚斗：佐藤拓也
山下猛：小野友樹 他
価格
初回盤：4500円＋税 通常盤：3000円＋税
★初回生産限定盤には、イクヤス先生原案のオリジナルエピソードを収録したミニドラマCDが付いた2枚組！
さらに描き下ろし小冊子付き！
店舗特典
【アニメイト】キャストトークCD 【コミコミスタジオ】B6画面カード
【ステラワース】2L判ブロマイド 【とらのあな】缶バッジ1種

「何？　抑制剤でしょ」

「よく見ろ。コードが違う」

このコードは製造会社を示す文字と製品識別番号の二つで構成され、薬の側面に刻印されている。聖に渡した薬は、彼の体質に合わせて製造した特別なもので一般流通していないため、製品識別番号がない。つまり聖に渡した薬はコードが短いのだ。

だがリュウの手にある薬はコードが長い。これはカネシマ製薬が作った聖専用の抑制剤ではない。

「本当だ……オレが持ってきたやつじゃない」

これが抑制剤に似た別の薬だとするなら、薬を飲んでいたと主張した聖は正しかったのかもしれない。何らかの事情によりピルケースの薬がすり変わっていた。それならば聖が発情期に入ってしまったのもわかる。

「成分を確かめてみないとわからないけど、聖ちゃんが薬を飲んでいたのは本当かもね」

「そう……だな」

一週間分のピルケースには空きがある。昨日までちゃんと飲んでいたのだろう。裏切りはなかったのだ。その答えを得ても、心に靄《もや》がかかっていて落ち着かない。

薬を飲んでいたとわかっていても、聖を抱いていただろう。聖が発情期に入っているとわかる前、聖が他の男と親しげに歩いていた時から、この未来は決まっていた。

時田信清、その名を聞いて苛立ちが湧いた。夏の日、聖が電話していた男だ。あの学園にいることからベータだろう。自分よりも下位の人間だとわかっているのに――羨ましいと思ってしまった。

正気じゃない。それは自覚している。聖が裏切っていなかったことに喜んでいて、一度なら ず二度までも犯したことへの後悔はない。

「……保護特区へ送る理由が、これで消えたな」

「そうだね。もう少し聖ちゃんの周りを調べないと」

トラはもう一種の薬を手に取った。リュウもトラも関与していない、初めて見る薬だ。

「わかるか?」

「んー、わかんない。どこかで見た気がするけど」

「オメガフェロモン増大薬だったらどうする」

「まさか。むしろ『愛を殺す薬』かもしれないよ」

リュウは苦笑いをして、二本目のたばこに火を点ける。口中に広がる苦味が自らを冷静に戻 している気がして、肺いっぱいに煙を吸いこんだ。

＊＊＊

兄弟、という括《くく》りは嫌っている。世間体だの面倒だのと理由をつけてその名を与えられたが、 この年齢に至るまでそれを良いと思ったことはない。だから似ていない兄弟だと言われること を好んだ。リュウとは異なるのだと認められている気がして、そう見られるように真逆のこと をした事だってある。

「……でも、似ちゃうんだよねー」

　薄暗い廊下を歩きながら呟く。人がいないからか静かな空間に響き渡り、その音が消えれば、がらりとした虚しさがトラを襲った。

　同じ環境で、同じ教育を受けてきたからか。外見はまったく別で、趣味だって異なるのに、肝心なところで似てしまう。

　聖を保護してから一週間。今日で発情期が終わる予定だ。あれから聖はカネシマグループが所持するマンションの空き部屋に隔離していた。空き部屋といってもトイレや風呂はある。寝台や椅子など最低限の家具も残っていて、隔離には最適な部屋だ。

　発情してしまったオメガの対処法として、最適なのはセックスをすることだ。番のいるオメガならばパートナーが相手をするのだが、番のいない聖は問題だ。妊娠の可能性がある以上、不特定多数を相手にすることは良いことではない。かといって誰とも交わらず、一人で発情を抱えこむのは苦痛である。

　もしもリュウがいなければ——夏の時に番になろうと申し出ていた。発情期のたびに部屋に閉じこめ、番を関係なしに抱き続けていたかもしれない。

　春、聖と出会った時。運命なんてものを信じていなかったトラは、初めて運命に焦がれた。一度視界に捉えてしまえば、もう逃れることはできない。月明かりに照らされる聖は美しく扇情的で、魔性の羽を持つ蝶のようだった。

　初めて抱いた時もそうだ。ヒートの経験は今までに何度もあったが、あれほど自我を失うものはなかった。自分の内に、あんな激しさが秘められているとは知らなかったのだ。

焦がれる。知れば知るほど目が離せなくなる。あれほど清らかな存在は、他者に騙され傷つけられて生きていくのだろう。この腕で抱きしめて守りたいのに、嫌な予感がしていた。それはリュウだ。いつも肝心な時に似てしまう、最悪の兄弟。

「……あ」

廊下を歩いた先に自分以外の影を見つけ、声をあげた。相手も振り返り、こちらを見る。

「お前も来ていたのか」

「リュウは来なくてもよかったのに。仕事あるんじゃないの？」

「片づけた。聖が心配だったからな」

今日は聖を学園に送り届ける予定だった。仕事が詰まっていたが、リュウ抜きで聖と過ごせるチャンスだと思い、大急ぎで片づけてきたのだ。それが蓋を開けてみれば、リュウもここへ来ているではないか。

「……こんなところまで似なくていいのに」

恨み言をぽつりと吐き出す。気まずそうにしている目の前の男も、トラと同じことを考えてここへ来たのだとわかって、苛立ちが湧いた。

「オレが聖ちゃんを送るから、リュウは仕事に戻っていいよ」

「お前に任せたらどうなるかわからない。俺も行く」

「やだー！　聖ちゃんと二人でドライブがしたいですー」

茶化しながらも、心の中はどす黒く濁っていた。聖に気持ちを伝えることに躊躇いはない。

トラはアルファであることや異国の血が混じった外見もあり、恋愛事に苦労した過去はなかった。学生の頃はよく告白をされたし、一晩遊ぼうと声をかければ誰でも頷く。外見だけでなく中身も学力優秀で、金嶋家のブランド力で財布事情も余裕たっぷり、話術だって身につけた。だから聖を落とす自信があった。

それができないのはリュウのせいだ。もしも聖がリュウを選べば耐えられない。聖の目の前で、リュウをメッタ刺しにしてしまうかもしれない。

そしてもう一人――学園で見た、聖の従弟だ。どれほど信用されているのか、聖が彼にもたれ掛かっている姿を見た時は、身体中の血液が沸騰しそうだった。リュウや教師たちがいなければ、従弟の首に手を掛けていたに違いない。

「聖は、俺たちのことをどう思っているだろうな」

聖が待つ部屋の前で立ち止まったリュウが言った。

扉を開けられない理由はよくわかる。リュウとトラは、聖を二度も犯した男たちだ。人として最低なことばかりしている。嫌われて当然だ。それに、聖と会ってしまえば、滅茶苦茶になるまで抱き続けていたいと理性が切れてしまうかもしれない。

それでも、会いたい――リュウの代わりに、トラが扉に手を掛けた。

＊＊＊

学園に戻ってからというもの、聖の頭は後悔と反省で占められていた。授業の内容も耳に入らないほどだ。

学園へ送ってもらった車中の重たい空気を思い出す。リュウとトラは終始無言で、ようやく口を開いたと思えば何かを言いかけてやめる。気まずい時間だった。

二人は、聖に呆れているのだろう。信じると宣言してすぐに発情期だ。自分でコントロールできるものではないが、発情期に入ってしまった自分が愚かで情けない。叶うことなら二人の信頼を得たかった。

問題はこの身体だ。二人に犯されたことは、発情期に入り聖に失望した結果なのだろうと受けとめている。だが、二度の性行為を経て、身体が覚えてしまったのだ。

あれほど刺激的な時間はなかった。痛みや苦しみはもちろんあった。首を絞められた恐怖だってこびりついている。だというのに快楽が勝っているのだ。

あの激しさが、忘れられない。思い出すだけで後孔がひくひくと疼きだす。

「……っ、あ、」

誰もいない自室に、艶めいた吐息が漏れる。

我慢できずに後孔に触れると、それだけで二人から与えられた熱が蘇ってきた。身体が震え、下着の中で自身が膨らんでいく。

どんな風に触れたのかはっきりと覚えているのに、この指では足りない。

同じように扱いていても、あの時のような快感は生じず、達するまでに至らない。

「リュウ、さんっ……トラさ、ん……ぅ」

あれは聖を求める行為ではなく、裏切り者を罰する行為だった。ならば聖がまた罪を犯せば、彼らは聖を抱くのだろうか。そんなずるいことを考えてしまうほど、身体が二人の味を覚えてしまっている。

結果的に二度も発情期に陥ってしまった聖は、いよいよ保護特区に移されるかもしれないと言っていた。その審判が下るのは一月。

でもそれより——二人に会いたい。自分から願うのは初めてだった。

＊＊＊

部活動時間も終わり、信清が寮に戻ってきた。

「おかえり。今日は遅かったね」

「三年生はもう引退なんだけどな。まだまだあいつらの面倒見てやらなきゃ」

信清は、汗塗れのジャージを脱いで、ベッドに寝転んだ。そして勉強机に向かう聖に話しかける。

「体調は大丈夫か？」

「すっかり平気だよ。いつも心配かけてごめんね」

「それはよかった。困り事とか悩み事があれば言えよ。いつでも話を聞くから」

悩み事と聞いた瞬間、頭の奥がずきりと痛んだ。リュウとトラのことを想像してしまう。

一瞬、口ごもった聖の様子から察したのか、信清が身を起こす。そして優しく言った。

「……話聞くよ」

信清なら、聞いてくれるだろうか。恐る恐る、聖は語りだした。

「最近、リュウさんとトラさんのことばかり考えちゃうんだ」

身体の関係については伏せたが、信清の眉がぴくりと反応したところを見るにその判断は正解だろう。

「四六時中考えてしまうなら問題かもしれないけど、それだけ二人と仲がいいってことだろ。それとも嫌なことを言われた？」

「仲がいいのかはわからないけど、僕は二人に嫌われてしまったかもしれない」

「嫌われたって、聖が？」

「ちゃんと薬を飲んだけど効かなくて発情期に入ってしまったんだ。二人に迷惑をかけてしまったと思う」

「それは仕方ないだろ。聖はちゃんと飲んでいたんだから、そもそも薬が悪かったんじゃないか？」

聖は膝を抱えてため息をつく。どうして効かなかったのかと考えるより、二人を失望させたことの方が聖に重たくのし掛かっていた。

「僕は、保護特区に移るかもしれない」

「保護特区か。聖は行きたくないんだろ？」

「一月に結論を出すって言ってたから、そこで決まると思う。そうなったら僕は――」

「そんなの悩む必要ないよ、簡単だ。誰も知らないところに逃げればいい。大丈夫、俺も一緒に行くから」

その選択を思いついたことはなかった。反芻してみるも、頷くことはできない。逃げてしまえば、リュウとトラに会えなくなる。

「……それは、嫌だ」

きっと後悔する。二人に会いたくて、焦がれて、きっと正気ではいられないだろう。そんな聖を見て、信清は切なげに顔を歪めた。

「じゃあどうする。猶予は三ヶ月しかないんだろ、保護特区に行くのか」

「……番っていうのがあるらしいんだ」

ちらり、と信清の反応を窺う。表情は変わらなかったが、淡々と「聞いたことあるよ」と答えた。

「結婚、みたいなものだよね。番になってしまえば一人のアルファに縛られて、自由を失う。そのアルファから一生離れられず、他の人間に抱かれることも許されない……ってのじゃなかったかな」

「信清は詳しいね。僕よりもよく知ってる」

信清がベータだから知らないのでは、と思ったが、聖の予想は外れた。これなら細かく説明しなくてすむ。

「僕は……番を見つけた方がいいのかもしれない」

「どうして？　そんなの必要ないだろ」

「番を見つければ、発情を抑えることができて、二人に迷惑をかけることも保護特区に行くこともなくなる。だから三ヶ月の間に番を——」

「だめだ！」

ガタン、とベッドが揺れる音がした。信清が立ち上がり、険しい顔でこちらを睨みつける。

「番になってしまえば一生離れられないんだろ。そんな辛そうな顔をしながら聖の人生を決めないでくれ！」

「僕、辛そうな顔してる？」

「ああ。見てられないぐらい、酷い顔してる」

信清が大きく息を吸いこんだ。叫ぶのかと思えば、諦めたようにゆるゆると力ない呟きが漏れていく。

「アルファなら誰でもいいなんてやめてくれ……好きでもない相手に奪われるなんて、そんなの……」

その手は小刻みに震えていた。信清がここまで動揺すると思っていなかったので、絆されてしまった。聖は信清を宥めるように言う。

「わかったよ。番う相手は、好きな人にする」

まだ戸惑いの色は残っていたが、先ほどより落ち着いたらしく、信清はゆっくりと頷いた。

その様子を眺めながら、聖は考える。好きな人。その好きという感情が、まだよくわからないのだ。

頭に浮かぶのはリュウとトラのこと。好きな人について考えていれば、どうしても二人の姿が出てくるのだ。そして心臓が石化してしまったかのように、ずしりと重苦しくなる。

「……ねえ、信清」

「うん？」

「もしも、好きな人が二人いたら――僕はどうしたらいいんだろう」

その質問に信清は笑った。

「それは随分と欲張りだな。好きな人がいるのか？」

「好きなのかはわからないけど……これは、もしもの話」

番になることができるのは一人だけだ。もしも、好きな人が二人以上いるのならどうやって番を選べばいいのかと、純粋な疑問から訊いてみただけだったのだ。

「恋愛経験のない俺が言うのも変な話だけど、デートして、たくさん話をして、それで相性がいいなって方を選ぶかな」

「デート……つまり、学園の外に出る？」

「学園内でデートしてどうするんだよ。ま、外に出るのはいいことかもしれないな。今よりもっと好きになれる人が見つかるかもしれない」

リュウとトラのことばかり考えていた聖にとって、その発言は意外なものだった。他のアルファを好きになって、番になったとしたら――発情期のたびに、リュウでもトラでもない人間が聖を抱くのだ。

「……っ」

一度想像してしまえば、それは胸が破裂してしまいそうな痛みに変わる。吐き気がして無意識のうちにはらはらと涙が落ちた。

積もっていた切なさが、どんどん溢れていく。涙を拭う余裕はなかった。

「お、おい。大丈夫か？」

「いや、だ……二人以外なんて……」

混乱する聖の肩を、信清の腕が包んだ。優しく抱きしめられ、近づいた距離から信清の匂いがして、少しずつ正気に戻っていく。

「無理に選ぼうとしなくても、番にならなくてもいいんだ。聖は聖のまま、それでいい」

「……でも、番にならないと、リュウさんとトラさんにまた迷惑をかけちゃう」

信清に抱きしめられたり、頭を撫でられたりするのはよくあることだ。そのたびに人の肌は温かくて心地よいと思っていたのに、心がざわつく。この温度ではないと騒ぎたて涙はまだ止まらない。

「やっぱり、アルファは嫌いだ。聖を泣かせるなんて許せない」

消え入りそうな呟きが聞こえた。振り返ることはできず、信清がどんな顔をしているのかはわからなかった。


信清は番になる必要はないと言っていたが、聖の気持ちは変わらない。番にならなければ、リュウとトラに迷惑をかけてしまう。

「好きな人……か」

宣言してしまった手前、番う相手は好きな人でなければ。だが好きという感情はまだわからない。

二人に会えばわかるだろうか。信清の言った通り、デートをして、たくさん話せば、好きだとわかるのかもしれない。

聖はスマートフォンを手に取った。

発信先は、緊急用にと教えてもらったリュウの電話番号。二人に嫌われてしまったと思えば、声を聞くことすら怖くて番号を押す指が震える。

そして。数回の呼び出し音の後、聖の緊張はピークに達した。

＊＊＊

十月の、よく晴れた日だった。

色の変わり始めた葉が風に揺れている。その音に聞き入っていると、車が停まった。

「待たせて悪かった」

現れたのはリュウだった。スーツではなく、夏以来のラフな格好だ。黒のジャケットにグレーのVネックシャツを合わせ、珍しくジーンズを穿《は》いている。最も目を引いたのはノンフレームのメガネをかけていることだった。その見慣れない姿に戸惑っているとリュウが笑った。

「何だ、乗らないのか？」

「の、乗りますっ」

その笑顔に、嫌われていたらどうしようと抱いていた聖の不安が吹き飛んでいく。注がれる視線は柔らかく、嫌悪はない。だが、じろじろと見ていたことに気づかれたのは恥ずかしかった。

気持ちを切り替え、車に乗りこむべく後部座席のドアに手を掛けた時、リュウが止めた。

「そっちじゃない。今日は助手席だ」

「助手席……」

車での移動時、聖はいつも後部座席に座っていた。リュウが運転する時は助手席がトラ、トラが運転する時は助手席にリュウが座っていたからだ。

今日は特別だ。二人だけで出かける日なのだから。車内に視線をやり、トラがいないことを改めて確認すると、助手席に乗りこんだ。

「じゃあ行くか。行き先は俺が決めていいのか？」

「はい、お願いします」

動きだした車の振動を感じながら、己の無計画っぷりを思う。自らデートに誘ったくせに、行く先を考えていなかったのだ。学園敷地から出ることがほとんどないため仕方のない状況だけれど、目的地のないデートに誘われたリュウは電話の向こうで苦笑していた。

「スーツじゃないと、慣れないか？」

「え？」

「さっき俺の服を見ていただろ。今日はオフだから動きやすい格好にしたんだが、お前の好みじゃないのかと思ってな」

もう一度リュウを見る。その横顔は相変わらず格好よくて、ラフなジーンズファッションとメガネの組み合わせが普段のクールな印象を和らげている。聖からすれば、憧れてしまうほど格好いい、大人の男だ。

「……ぁ、かっこいい、です。メガネもよく似合ってます」

「そうか、安心した。メガネはオフの時だけなんだ。休みの日ぐらい、目を休めたいからな」

「普段はコンタクトですか？」

「ああ。着けているのに慣れてしまって、外すのを忘れる時もある」

「想像できないです……」

「ははっ、そういう抜けたところは俺にだってある。人に見せないようにしているだけだ」

そう言って、リュウはハンドルを切る。

窓から見える景色は新鮮なものだった。人通りの多い街中、子供たちがたくさん遊ぶ公園。どれも学園にいては見ることのできないものばかりだ。

車内は秋の日によく合うしっとりとしたクラシックが流れ、バニラとムスクを混ぜた甘い香りがする。いつものリュウとトラの香りだ。セピアに色づき始めた街中で、この車だけが色鮮やかに輝いているようだった。

着いたのは公園だった。大きな公園で、休日ということもあり人が多い。

公園をぐるりと一周できる散歩道を二人並んで歩く。じんわりと汗ばんだ肌に触れる秋風が心地よく、ずっと歩いていたくなる場所だった。

「気分転換したい時、ここへ来るんだ」

「リュウさんだったら、ランニングしてそうですね」

「ああ、たまに走っているぞ。トラを連れてきたこともあったが、あいつは五分も持たなかったな」

嫌がるトラの姿が容易に想像でき、聖は苦笑した。

「家はこの近くなんですか？」

「ああ。あのマンションの最上階をトラと二部屋に分けて住んでいるんだ」

リュウが指したのはこの景色で一際存在感を放つ綺麗なタワーマンションだった。周囲の建物よりも階数が多く、何階建てなのか数える気には到底なれない。最上階ならば見晴らしもいいのだろう。

やはり二人は住んでいる世界が違う。エリートのアルファだと見せつけられているようだ。そんな人と、デートをしている。車に乗せてもらって、公園を並んで歩いている。

同じアルファならまだしも、聖は迷惑をかけてばかりのオメガだ。聖よりも脚の長いリュウが歩幅を揃えて隣に並んでいることも、釣り合っていないのだと示されているようで口を噤んだ。

「……聖、」

澄んだ空を見上げていた聖はその声に視線を移した。

「悪かった。お前を傷つけてしまったな」

触れたら壊れてしまいそうなほど深刻な顔をしてリュウが頭を下げる。謝っているのは、前回の発情期のことだと察し、聖は首を横に振った。

「僕は……大丈夫です。だから謝らないでください」

あれは聖の意思に関係なく行われたことだったが、身体はまだ覚えていたいと願っている。滅茶苦茶になるまで二人に抱かれていた事実を残していたかった。非を認められ、それが消えてしまうのなら。傷ついてないと嘘を吐こう。どうかこれ以上謝らないでと願い、手を握りしめる。

「お前は、俺たちを信じて、薬を飲んでいたんだろう？」

「……はい」

「後になってそれがわかった。どうしてお前を信じてやらなかったんだろうって後悔したよ。夏に、お前と約束したのにな」

胸が張り裂けそうなほど苦しい。人通りが多いはずの散歩道で、ここだけ二人きりになってしまったかのように、落ちる葉さえも息を潜めている。

「俺を嫌いになったのなら、信じることができなくなったら、言ってくれ。距離を開けてお前と接しよう」

リュウはそこで何かを言いかけて呑みこんだ。言葉はなくとも音のない感情が空気に溶けていくようで、それが気になって目が外せない。

聖には、リュウが戸惑っているように見えた。ごくりと上下した喉仏は苦悩を示すように。それでも交えた視線が離れることはなく、そのうちにリュウは降参だとばかりにため息をついて額に手を当てた。

「お前を抱いたことを後悔していない。お前が薬を飲んでいるとわかっていても、あの日に戻ったら同じことをしてしまうと思う。何せ俺は――」

時間が動く。止まっていた秋風が、さらりと、葉を揺らして流れていく。だから、はっきりとは聞こえなかったのだ。聖をじいと見つめながら発した「お前の従弟に、嫉妬《しっと》している」の言葉も、秋に覆い隠されてしまった。

「あ、あの、最後は何て……」

「……行くぞ。お前が誘ってくれたデートなんだ、楽しもう」

そう言って、歩きだす。かき消された言葉を確かめたいのに訊く隙はなく、リュウの表情も普段通りのものに戻っていた。

この公園のシンボルである大噴水の周りにはベンチがあり、家族連れやカップルも多い。様々なスイーツの屋台が並んでいた。

「リュウさん、あれ見てください！」

外に出ることのない聖にとって、屋台は新鮮である。まして売っているのは甘いもの。デザートなんて、寮の夕食で週に一度あるかないかだ。その珍しさに、聖の声がはずむ。

「わあ……アイスにクレープ、シュークリーム。食べ歩きできるらしいですよ」

「食べたいのか？」

「気になりますけど……でも、」

どれも甘い物ばかりだ。リュウは食べないだろう。一人で食べていればリュウに気を遣わせてしまうのではないか――断ろうとした聖だったが、先にリュウが動いた。

「行くぞ」

聖の手を引いて、ずいずいとシュークリーム屋の前に行く。

遠くから見ていれば奇妙な光景だろう。無愛想な男が、ふわふわのシュークリーム屋の前に立っているのだ。リュウのルックスがいいことも影響し、周囲の視線がリュウと聖に注がれる。

「い、いらっしゃいませ」

「………」

聖よりもリュウの方が真剣だ。メニュー表を睨みつけたまま動かない。

「どれにする？」

「えっと、じゃあ……ミルクホイップシューで」

頷いた後、リュウは女性店員に視線を移した。

「これを、四つ」

「よっ……!?」

「ミルクホイップシューを四つですね。ありがとうございます」

てっきり聖の分だけを買うのかと思っていた。もしリュウも食べるのなら二個だろうか、なんて考えていたのだが、予想を裏切って四個である。

やはり気を遣わせてしまった。そんなにたくさん食べきれるだろうか。これから襲いかかってくるだろう甘味の暴力に慄《おのの》いているうちに、リュウは空いているベンチに向かってしまった。

慌てて追いかける。

「ほら。食べるぞ。二個ずつでいいか？」

周囲の視線を感じながら、差し出されたシュークリームを受け取る。残り二個は、リュウが持ったままだ。

「リュウさんも食べるんですか？」

きょとんとしながら訊く聖に、リュウは気まずそうにしながら答えた。

「……き、なんだ」

「え？　よく聞こえなかったです」

首を傾げる聖に、リュウは耳元に顔を寄せて、囁いた。

「すごく、好きなんだ」

「……っ」

ふわり、とシュークリームのように柔らかく、鼓動が跳ねた。

頬を赤らめる聖だったが、見ればリュウも恥ずかしそうにしていて、唇に人差し指を当てて「内緒な」と呟いた。

その仕草は艶っぽく、恥ずかしそうにするリュウを見るなんて初めてだったこともあり、うるさく急きだした心臓を誤魔化すように慌てて頷いた。

「俺は外見が怖いだろ。だから甘い物が好きなところなんて、あまり人に見せたくないんだ」

「そんなことないですよ。むしろ意外な一面だなと思います」

「……お前は優しいな」

シュークリームにかじりつき、ふわふわほんのり甘い薄皮に歯を立てれば、中から濃厚なクリームが飛び出て口中に広がる。その美味しさに聖の頬が緩んだ。

聖に続いてリュウも。強面の男がシュークリームを持っている姿はなかなかのミスマッチではあるが、気にせず黙々と食べていた。

「うん、美味しいです」

「ああ。俺もここのシュークリームが気に入っている」

「よく買いに来るんですか？」

リュウは首を振った。

「そうしたいが、俺みたいな男がここに通ったら変に思われるだろ。会社のやつに見られて誤解されるのも面倒だからな。それに比べてトラはあの外見だから、まだ店に馴染む。だからトラに頼んで買ってきてもらっているんだ」

「なるほど……」

「でも今日はお前がいたから、口実ができた」

「僕ですか？」

「デートだろ。王子様になった気分だよ。こうして外で食べていても、お前がいるから恥ずかしくない」

そう言って、かぷ、と二個目のシュークリームを食べる。よく見れば、リュウの口元も甘さに緩んでいた。

クールで格好いい、男らしい人だと思っていたのだ。それが今、隣に座るリュウはクールというよりも可愛らしい意外な一面を見せている。

それを知ることができて嬉しい。このまま甘いクリームに溶けてしまいそうなほど。

しかし引っかかるものがあった。確かにこの男が、一人でシュークリームを買っていたら、じろじろと見られるだろうが、それにしては外見や他人を気にしすぎているのではないか。

「次はクレープにするか。作りたてを食べてみたかったんだ」

「まだ食べるんですか⁉」

これ以上甘い物を食べたら胃がおかしくなってしまいそうだ。だがリュウはあっけらかんとしている。

「堂々と食べるチャンスだからな。これぐらいの量、どうってことない」

「……本当に甘い物が好きなんですね」

「ははっ、まあな。この秘密を知っているのは一部のやつだけだ」

「無理して隠さなくてもいいと思います。どんな好みがあっても、リュウさんであることに変わりありません」

その言葉にリュウが一瞬言葉を呑みこんだ。穏やかだった表情は変わり、隠していた弱さが浮かびあがる。

「周りがみんな……お前みたいなやつならよかったのにな」

これは踏み入ってはいけない場所だ。聖が気づいた時にはもう禁止区域にしっかり足が入りこんでいて、リュウの感情に足跡を残していた。

だが拒否はなかった。クレープ屋よりも遥か遠く、聖の知らない場所を見つめてリュウが言う。

「……俺は、完璧でなければいけないんだ。金嶋を継ぐに相応しい振る舞いをし、趣味嗜好もリーダーらしいものを求められる。小さい頃からそうやって生きてきた——いや違うな。そうしなければ、捨てられると思ったんだ」

温度のない、無色の言葉。聖よりも大人の男が見せる弱さに、息が詰まる。

「俺が五歳の時に、父が子供を連れてきた。隠し子ってやつだ。事情があって父が引き取ることになってな。その子供は俺の弟となり、同じ家に住み、同じ教育を受けるようになった――

でもそいつが、家族を壊したんだ」

「弟ということはもしかして……」

「そうだ。トラだ」

驚きはなかった。リュウとトラは外見が似ていない。トラは異国の血が混じっているのだとよくわかる独特の顔つきだが、リュウはそうでない。肌や髪の色も、二人は異なっていた。

「最初は母が壊れた。母はオメガだったから、父に添い遂げるつもりで番になったんだろう。だが蓋を開けてみれば、父は余所で男の番を囲っていた。それも俺と同い年の子供まで作って。父にとって母は愛した人ではなく、オメガという名の道具だったんだ。そりゃ頭だっておかしくなるさ」

淡々と話した後、ポケットからたばこを取り出した。火が灯り、たばこがくゆる。

「それでも俺は、父が外で子供を作ってきたのには理由があると信じていたよ。トラと仲良くしていれば、いつかその理由に気づけるだろうと思っていた」

「その理由はわかったんですか？」

聖が聞くと、リュウは「残念ながら、わかったよ」と頷いた。

「トラは、俺のスペアとして存在している」

「でも二人はあまり似てないと思います」

「いや似ているよ。俺とトラに叩きこまれた教育はすべて同じ。読む本や仕事、振る舞いも。そうすれば、俺にもしものことが起きてもトラが金嶋を継いで、家を存続できる」

夏の日、リュウとトラの部屋にあった本棚を思い出す。確かに同じ本が並んでいた。聖が知る限りだが、仕事も二人で行動することが多く、学校に来る時はいつも一緒だった。

「トラは要領がいいから何でもそつなくこなす。顔は整っていて華やかだし、社交性があって人に好かれやすいんだ。それに比べ俺は不器用だから、あいつの倍以上努力しなければ、不必要だと言われてしまうだろう――俺は、捨てられないように強がっているだけだ」

たばこのフィルターに噛み跡が残る。これも、他人に見せない姿なのだろう。

リュウだって格好よくて美しい。それでもまだ足りぬと嫉妬しているのだ。腹違いだろうが半分は血の繋がった弟なのに、リュウの瞳に鋭く光る刃が隠れている気がした。

「……リュウさんは、トラさんが嫌いなんですか？」

「ああ。この世で一番、嫌いだ」

聖の問いかけに間髪入れず、リュウは答えた。

その不穏さに、どくりと心臓が大きく揺れる。

「トラがスペアであると知った時から、あいつは死神だ。俺がいるから後継者になれない、だから早く死ねと急かしている。そんな風に見えてしまう俺も、壊れているんだろう」

踏み入ってしまった領域は暗く深い。ずぶずぶと聖の足を包みこんで、底へと引っ張っていく。たまに見せるリュウの冷たさは、この領域から漏れていたものなのだ。知ってはいけない、知ってしまったら戻れない闇。

聖の表情が凍りついたことに気づき、リュウはたばこを消した。そして何事もなかったかのように、微笑む。

「……変な話をしてしまったな。せっかく来たんだ、もう少し歩こう」

闇が、消えていく。リュウの中に吸いこまれ、分厚い防壁で隠される。

心臓が切なく急いたのは、触れてしまった過去への驚きや恐怖によるものではない。歩きだしたリュウを追いかけながら考えてみたが、理由はまだわからなかった。


日が傾き、肌寒くなってきた頃、二人は車に乗りこんだ。

他愛もない話をしながら公園を散策するのは楽しく、気づけばデートの終わりが近づいてしまった。駐車場に停まったまま発進せずにいるのは、聖だけでなくリュウもこの時間を名残惜しいと思っているからだろう。

「今日はありがとうな」

「僕もです。リュウさんと一緒に過ごせて、楽しかったです」

まだ帰りたくない、とは言えなかった。言ってしまえば困らせてしまう。だから呑みこんで、何も言わずリュウを見る。

車内は狭く、距離を近く感じて——ああ、やはり胸が痛む。リュウかトラと個々に会えば楽になるだろうと思っていたのに、苦しさは増していくばかり。

「……聖、」

重なった視線に、艶めいた吐息がかかった。

ぎし、とシートが軋んで、リュウがこちらに身を乗り出した。逃がさないと言わんばかりに助手席のヘッドレストを掴み、整った顔立ちが目前に迫った。

「リ、ユウさん……？」

「帰りたくないって顔をしてる。そんな顔されたら、」

「帰せない」と呟かれた言葉は、最後まで聞き取ることはできなかった。

「んっ――」

唇が、熱い。

発情中ではない正気でのキスは初めてで、柔らかいもの同士をぶつければ、こんなにも甘く痺れてしまうのだと知った。啄《ついば》むように何度も、離れたと思えばまた唇を塞がれる。呼吸ができず溺れてしまいそうなのに優しくて、唇も呼吸も温かく溶けていく。このままキスを繰り返していれば、恍惚としたまま酸欠で死んでしまうのかもしれない。

「リュ、ウ、さっ、」

角度を変え、わずかな隙間が生じるたびに、その名を呼ぶ。確かめていなければ離れてしまいそうで、無意識のうちに口にしていた。

もっとこの唇がほしい。けれど表情も見えないほど近くにいるのだ、きっと伝わらないのだろう。だからせめて――リュウの首に手を回す。

聖を翻弄《ほんろう》する唇は、今日のシュークリームより蕩けるほど甘く、リュウが好んでいるたばこの味がする。大人びた苦味が心地いい。

貪《むさぼ》るようなキスを繰り返した後、唇が離れていく。どちらのものともわからぬ唾液が混ざり、透明な糸となって唇を繋いでいる。キスをした証なのだ、と思うと途端に恥ずかしさがこみあげてきた。

言葉はなく。荒い呼吸と視線が絡み合う。リュウの双眸《そうぼう》に聖が映っていて、艶を帯びた顔をしている。きっとリュウにも、聖の瞳に映りこんだ自分の姿が見えているのだろう。

「……トラに、怒られるだろうな」

ふ、とリュウが笑った。

「お前のことを考えていると頭がおかしくなる。冷静でいろと叱《しか》っても、身体はその通りにならなくて――だから、こうやって手を出してしまう。お前に嫌われてしまうと思っても、抑えられない」

「リュウさんを嫌いになったりなんて、しません」

反論すると、リュウは優しく聖の頭を撫でた。その手は震えていて、荒々しく触れることを自制しているようだった。

「最初は、お前の境遇を知って、それに同情しているだけなんだと思っていた。お前が『時田家』の人間であることや欲のないところに、自分の過去と似ている気がして、放っておけなかったんだ」

「……僕とリュウさんが似ている、ですか?」

「アルファとオメガの違いや環境の違いはあれど、捨てられてしまうことへの恐怖は俺も知っている。それがどれだけ恐ろしく、背負うのが苦しいのかも。だからお前を構いたくなるのかもしれない。でも今は――」

それは車内の、二人しかいない世界に、響いた。

「お前と、番になりたい」

冷静な顔をして、けれど聖に向けた眼差しは温かい。普段のリュウがなかなか見せない優しさが、聖だけに向けられている。

「傷つけても、弱いところを見せても、お前は平気でそれを受けとめている。不思議だよ、どこにそんな力強さがあるんだ」

「……っ」

「こんなに可愛いお前が他の男に――ましてトラに奪われたらと思うと、今すぐお前を閉じこめたくなる」

そしてもう一度。今度は聖に縋り泣くような細い声だった。

「お前が好きだ」

その言葉が嬉しくて、口元が緩んでしまいそうだった。頭の奥でリュウを求めて頷いてしまえと囁くものがいる。だがリュウの告白に喜ぶその一方で、浮かんで消えない存在がいる。

トラが、心に引っかかっている。

リュウに抱いている感情の名前はわかった気がするのだ。そして同じものをトラに対しても抱いている。これは本当に『好き』なのだろうか。

その不安が判断を鈍らせた。曇った表情にリュウは察する。聖の頭に、浮かんでいる存在を。

「お前が考えているのは……トラのことか」

言い当てられたことに驚き、聖の身体がびくりと震えた。誤魔化すつもりはなく、素直に認める。

「……はい」

「俺よりもトラの方が好きなのか？」

聖は首を横に振った。

「わかりません。今日リュウさんを誘ったのは、自分の気持ちを確かめるためでした。そしてわかったのは……僕はリュウさんが好きです」

「それなら俺と番になればいいだろう」

「できないんです……僕は、トラさんのことも好きだから。これが恋愛の好きなのか別の好きなのかもまだわからなくて……だから僕はどちらも選べません」

それを聞いたリュウは、表情を変えず、天気の話でもするかのような軽さで言った。

「お前が悩まなくてすむように、トラを殺せばいい」

「こ、殺すってそんな……！」

冗談だろうと見上げるも、リュウの瞳は真剣だった。遊びではなく本気で、この男は提案しているのだ。

リュウが自身の首を撫でる。普段はスーツのシャツで隠れているためわからなかったが、赤黒い痣のようなものが数本、残っていた。

「言っただろ、俺はトラが憎い。お前が選ぶことに苦しんで、挙げ句の果てにトラを選んでしまうぐらいなら、俺は迷わずにトラを殺す」

その威圧感は異常だった。触れてはいけないものに、聖の足が踏みこんでいる。ひびの広がっていくこの薄氷が割れてしまえば戻れない。

リュウの手を摑んだ。リュウとトラの二人を想う気持ちが、聖の身体を動かした。

「だめです！」

「トラも、俺と同じことを言うぞ。それでもか？」

「それでも、だめです！」

リュウは不機嫌にため息をついた後、聖の身体を乱暴に引き寄せた。

「――っ、あ、」

着ていたシャツを乱暴に引っ張りはだけた首元に顔を埋める。鎖骨の横に唇を落とした。ぢゅ、と音を立てて熱い唇が皮膚を吸い上げる。意識がそこに集中し、リュウの髪や呼吸が肌をくすぐるそのわずかな刺激も敏感に受けとめて、身体が震えた。

蝕まれていく。鮮明に聞こえる音に呼び出されて、血が集まっていくのだ。肌を吸われているだけなのに、性行為を繰り返して学んだ身体は簡単に期待してしまう。

「聖、」

リュウの身体が離れて、先ほどまで口づけていた場所を指で触れる。そこは血が滲んで所有印のような赤い花が咲いていた。

「……お前が思っているほど、俺たちは仲良くない。兄弟じゃないんだ、本物とスペアの関係なだけだ」

そう呟いて、リュウは運転席に身を戻した。

まだ心臓がばくばくと鳴っていて、この状況に浸っているというのに、思考はしんと冷えて警鐘を鳴らしている。リュウが纏う甘い香りに危険なものを感じているのだ。深入りしてしまえば、戻れない。

「僕は……来週、トラさんに会います」

車は動きだし、流れていく景色を目で追いながら聖が言った。隠すのではなくちゃんと、話しておきたいと思ったのだ。

リュウは「そうか」と返し、それ以上何も言わなかった。

ずきずきと胸が痛む。これが『好き』なのかもしれない。そう気づいた時には、境界線上に追いつめられていたのだ。リュウかトラか、どちらかに落ちてしまえば解決するのに、どちらも選べないでいる。

＊＊＊

もやもやとした気持ちを抱えたまま、一週間が過ぎた。今日はトラと約束している日だ。いつぞやと同じく門の前で待っていると、他の車より一際派手な赤い外国車が停まった。初めて見る車だったが、目を引く華やかさにトラの顔が浮かぶ。

「おまたせー。乗って乗って」

運転席の窓から、予想通りの人物が顔を出して、ぱたぱたと手招きをした。この車は後部座席がなく二人乗りだったので、聖は迷うことなく助手席に乗りこんだ。

「おはようございます、トラさん」

「うん、おはよ」

運転席の主がにっこりと微笑む。

すぐに発進するだろう。慌ててシートベルトを着けようとした聖だったが、なかなか車は動こうとしない。トラはこちらを見つめたまま、何やら考えこんでいた。

「あの……トラさん？」

まさか変な服を着てしまった、それとも車に乗りこんだ時に何か間違えてしまったのだろうか。不安になる聖だったが、それは杞憂《きゆう》に終わった。

「ごめん！」

トラの頭が下がる。細い髪の毛がさらさらと音を立てて流れていった。

「オレ、またあんたを傷つけたでしょ。たくさんヤりまくって遊んじゃったし……だから、ごめん！　反省はしてるけどまた同じことしちゃうかもしれない、でもごめんね」

「え、っと……後半の方、滅茶苦茶な発言になっていませんか……？」

「酷いことしちゃったなって反省はしているんだよ。でも『反省しましたもうしません』とは言えなくて、むしろチャンスがあればまたヤらせてくださいと思ってて、でも聖ちゃんに嫌われたくないです。出かける前に、話すことはちゃんと話しておこうって思ったから、今謝りました、ごめん！」

内容が矛盾している気はするものの、早口でまくしたてられて言葉を挟む隙がない。トラの容姿が極めて美しいこともあり、そんな男がこうやって振る舞うのだから、堪えきれずに吹き出してしまった。

「えー？　そんな笑うところあった？」

「ふふ、反省と開き直りが交ざりすぎて面白くて……」

顔をくしゃくしゃにさせて笑う姿に、トラは首を傾げていた。ストレートでおかしな謝罪はトラの気持ちそのままだったのかもしれない。

「謝らないでください。僕こそ、二人に迷惑をかけてすみませんでした」

「あんたは何も悪いことしてないよ。オレたちがあんたを信じなかったのが悪いんだ。ちゃんと薬を飲んでいたのに、発情期に入っただけで飲んでいないと決めつけて……」

そこまで言いかけたところで、トラは顔を上げてにたりと笑った。

「でもあの日のセックスはサイコーでした。オカズとして活用してます。何回思い出しても抜けます」

「お、オカズ……」

自らの痴態《ちたい》を記憶されているのだと思うと、隣に座っていることすら恥ずかしく、頬が熱くなる。

「おかえし。さっき聖ちゃんに笑われたから、今度はオレの番」

「ずるいです！」

「あはは、これでしんみりした空気はおしまい。そろそろ行こう」

ぽんぽん、と頭を二度撫でた後、トラはフロントガラスに視線をやる。ようやく車が動き出した。

今回も行き先を決めずに連絡したため、デートプランを考えたのはトラだった。聖が無計画で誘ったとわかった瞬間「オレに任せて！」と息巻いていたのだ。

「今日はね、プラネタリウムに行こうと思うんだ」

「プラネ……？」

「昼なのに星空が見られる場所」

一度も行ったことのない聖には想像もつかない。昼に星なんて見えるのだろうか、と疑いながらトラをちらりと見る。

今日のトラはやけに落ち着いた服を着ていた。黒のタートルネックを着て、その上からシルバーのネックレスをかけている。すらりと脚が長くスタイルのいいトラに白いスラックスはよく似合い、薄茶のオータムコートを羽織れば、お洒落《しゃれ》な芸能人のようである。普段のゆるゆるとした服装とは異なり大人っぽく、スマートな異国の香りを漂わせていた。

そんな男が外国車の、それも一際目立つスポーツカーを運転しているのだ。誰でも振り返ってトラを目で追うだろう。聖が見つめてしまうのも当然のこと。その視線に気づいたトラが口を開いた。

「ん？　なあに、オレに惚れちゃった？」

「いえ、今日のトラさんはいつもと違う感じがするな、と思って……」

「大人のオレ、どう？　好きになってもいいよ」

本気か冗談か軽い口調からは読み取れない。

その間にも、信号の移り変わりと同じようにトラの表情が変わる。赤信号で車が停まれば、その顔に影が差していた。

「こないだ、リュウと出かけてたでしょ？」

「……知っていたんですね」

「そりゃ、ね。同じ家に住んでるから。それに、無愛想なあいつがウキウキニコニコしながら出かけていくのは気持ち悪くて、地球最後の日かと思ったよ」

うげえ、と吐くジェスチャーをつけて話す。声は陽気なのだが、やはり表情は重たい。

「悔しかった。オレだって聖ちゃんと遊びたいのに。何でいつも、あいつが先なの」

「あ……」

「だから今日は、リュウに負けない大人ファッションにしようと思いました。似合うでしょ？何ならセクシーポーズでも決めてあげようか？」

「ポーズはいらないですけど、似合っています。ドキッとしちゃいました」

聖が答えると、トラは両手を上げて喜んだ。

「やったー！　作戦成功！　リュウの服を着たかいがあったー！」

「え、ええっ⁉　それリュウさんの服なんですか！」

「このコートと靴と……あとネックレスもあったから勝手に借りちゃった」

「勝手に借りちゃだめですよ！　怒られますよ！」

「平気平気、文句言われたらオレの貸しておあいこ。ま、借りないけどねあいつは」

慌てる聖に対し、トラはまったく動じていない。その慣れた口振りに、普段から借りているのだろうと察した。

暗くなったと思えば、花が咲いたように明るくなる。ころころと変わるトラの表情に絆されて、聖も笑っていた。

到着して初めて、プラネタリウムという施設なのだと知った。星空というから野外なのだと思っていたら、まったく逆の、閉鎖的な建物だった。

しかし不思議なことに休日の昼でも人はいない。スタッフはいるのだが、客はさっぱり入っていないのだ。プラネタリウムとは閑散とした施設なのだと聖は学んだ。

「金嶋様。お待ちしておりました」

中に入った聖たちに声をかけたのは、支配人の名札を付けた老齢のスタッフだった。恭《うやうや》しく頭を下げた支配人に、トラはにっこりと微笑んで「久しぶり」と告げる。年齢でいえばトラの方が若いのに、そんな態度をとっていいのか。慌てる聖に対し、支配人は落ち着いていた。折りたたまれたレジャーマットを支配人から手渡されると、

「聖ちゃん、行くよ。早くのんびりしよ」

「のんびり……って、えっ、ここ室内なのに星なんて……」

「いいからいいから」

そして向かったのは、天井が丸く、広い部屋だった。椅子やソファがたくさん設置されているのに誰もいない。支配人も案内を終えると出ていってしまった。残されたのはトラと聖だけだ。

「……何だか、寂しい場所ですね」

「そう？　邪魔がいなくていいと思うけどね。ほら、座ろう」

トラが先を歩いていく。椅子やソファの間を抜け、選んだのは何もないただの床だった。普

段はソファが設置してあるのか、床に脚の跡がくっきりと残っている。

そこに持っていたレジャーマットを敷いて、ごろりと寝転がった。

「え……椅子は？」

「ここはね、寝っ転がって見た方がいいの。隣においで、一緒に見よう」

この場所からどうやって星を見るのだろう。想像もつかない聖はトラに従うしかなかった。靴を脱いで、レジャーマットの上に寝転がる。

「今日はね、貸し切りなんだ」

話し始めると同時にブザーが鳴った。ゆっくりと照明が落ちていく。

「まさか、僕のために……ですか？」

「そうだよって答えたら惚れてくれる？　って言えたら格好いいけど、違うんだよね」

薄暗い状態から、気づけば暗闇へ。隣にいるはずのトラも見えないほど、黒のカーテンに部屋中が染まっていた。

そこで、ぽつり。明かりが灯る。

赤い光だ。トラが乗っていた車と同じ色をした、鮮やかな光を放つもの。

周りにも大小様々な光の粒が現れていく。その眩しさがドーム型天井の黒を照らして濃紺とし、それは確かに星空となった。

「……綺麗」

その美しさに聖は感嘆の息を吐いた。

視界はすべて星空に支配されている。星と闇と、それから銀河。屋外でも、ここまで綺麗に見えないだろう。

「綺麗でしょ。オレね、よくここに来るんだ。煩わしいもの全部排除して、ここで星と睨めっこするの」

「トラさんって、明るく賑やかなイメージだったので意外です。一人で見ているより、人がたくさんいるところを好むのかと思っていました」

煌々《こうこう》と輝く星は語らず、ただ静かに見下ろしている。そしてトラも、一人でここから見上げているのだろう。それは切なくて、今までの姿からは想像できなかった。

「アハハ。大当たりだよ。オレ、人がいるところじゃないと生きていけないからさー。でもここだけは別なんだ」

話し終えるたび静寂に包まれる。

だから、余計に。隣にいるはずのトラがどんどん冷えていくのがわかった。

「ここに他の人がいたら煩わしいでしょ。目の前に星がたくさんあってキラキラうるさい場所だってのに、さらにうるさいやつらが周りにいたら――潰したくなる」

その言葉に息を呑み、トラの方を見やると宙に向けて手を伸ばしている。ちょうど大きな星が瞬いた瞬間で、トラの表情も光に照らされていた。美しいはずなのに、歪んでいる。

「お金渡すから出ていってよって言いたくなる。首根っこ摑まえて、呪いの言葉を浴びせてやりたい。だから貸し切りにして一人で楽しんでいるんだ」

「僕も……邪魔者ですか？」

「聖ちゃんは特別。一緒に見たいって思ったから、ここに連れてきたの」

受け入れられているのだと知り、安堵する。それでも聖の指先は冷えていた。きっとトラが心に隠し持つ氷の刃に触れてしまっていたのだ。触れて凍傷になり、じりじりと痺れている。

「前にリュウを連れてきたこともあるんだけどさ、秒殺で寝てやんの。おまけに床で寝るとか信じられないとか言いだして。最悪だよね」

「ふふ。想像つきますね。それ」

「でしょ⁉　あいつ脳まで筋肉だからさー」

また一つ、ころころと色を変える星が、白から赤へと変わった。トラの声色も同じように変わる。

「……床に寝そべると、振動や音が背中から伝わって、地面と一体になった気がする。人間をやめちゃったみたいな」

「わかります。僕も地面になった気分です」

「で、うるさい星たちを睨みつけて、指で潰していく。頭の中で潰したり、手をかざしてみたり」

トラを真似て、聖も手をかざす。赤い星を指先で摘まんで、ぷちり。

「そうするとね。オレ、生きてるんだなって実感するんだ」

何度も試してみるが、トラが言う感覚に陥ることはできない。手をかざしても歪み知らずの星たちは眩しく、光を奪い去ることはできなかった。

「……一人じゃない、って思う」

トラの声は、星たちの輝きに呑まれてしまいそうで、胸の奥が締めつけられる。離れてしま

いそうで怖くて。聖はトラの手を握りしめた。

「僕も、ここにいます。一緒に星を見ています」

この部屋が暗いから大胆なことができたのかもしれない。聖の手の熱が、トラの中にある氷の刃に届けばいいいと思った。

トラは何も言わず、真っ黒な静寂に包まれていく。でもここにいるのだ。握り返す手の力が、そう告げているようだった。


プラネタリウムを出た二人が向かったのは、繁華街の片隅にある古びたバーだった。とはいえ、聖は未成年である。電気の消えたネオンサインを掲げたドアによからぬ気配を感じて、立ち止まった。

「僕、ここに来ていいんでしょうか」

時刻は昼過ぎとなり、店の周りに人はいない。営業時間外で閉まっている店がほとんどだ。

だがトラはぐいぐいと背中を押す。

「いいのいいの。今日は特別に開けてもらっているし、オレも酒飲まないから」

「お、お酒……」

「今日はご飯食べるだけ！　マスターの飯が美味しくてさー、どうしても聖ちゃんに食べさせたいんだ」

店に入るも客の姿は見当たらない。この店も営業時間外なのだろう。

二人が店に入るとすぐに、店の奥から白いシャツとギャルソンエプロンを着けた男がやってきた。彼がこの店のマスターのようだ。

「よう、銀虎！　待ってたぞ」

「お店開けてもらっちゃってゴメンね。マスターのご飯食べたくなっちゃってさ」

「貸しだからな。飯はいつものでいいな？」

「お願いしまーす。あと個室借りるね」

「若い子連れてるからって、個室汚すんじゃないぞ。ここはホテルじゃないからな」

「わかってるわかってる」

二人の親しい様子から、トラは何度もこの店に来ているのだろう。

アルコールとたばこの臭《にお》いが染みついている店だ。窓がなく閉鎖的なのはプラネタリウムと同じだが、ここは学園で味わえない大人の空気が漂っていた。

トラが振り返る。年齢を気にして緊張している聖に微笑み、手を引いた。

「俺たちはこっち」

「は、はいっ」

二人が入ったのは薄いカーテンで遮られた部屋だった。テーブルとL字ソファが置かれて、みっちりと狭い。大人四、五人が限界といったところか。

「ここはね、オレお気に入りの店。疲れた時はここに来て、一杯飲んで、美味しいご飯を食べるんだ」

「よく来るんですね」

「うん。いつ来ても誰かいるからさ、話し相手に困らないし、賑やかで元気になれる」

営業時間外に来てしまったからか、今は静かで賑やかな様子が思い浮かばない。首を傾げているとトラが続けた。

「普段はあのカウンターで飲んでいるんだ。んで、知らない人と盛りあがったり、たまーにオイシイ思いをしたり」

「美味しい思い？」

「オトナの楽しみってやつ。寂しい夜のお友達発見コーナー」

「……トラさん、モテそうですね」

トラのエキゾチックな外見はさぞやモテることだろう。あのカウンターで、美しい男が寂しげに一人で飲んでいれば、声をかけたくなるのかもしれない。その光景を想像するとなぜか眉根を寄せてしまう。腹立たしくてトラを睨みつけた。

「あ。誤解しないでね。ナンパだけが目的じゃないから！」

「…………」

「ほんとだから！　そういうことは、たまーにしかしないし」

これ以上触れられたら困ると思ったのだろう。わざとらしく咳をした後、話を切り替えた。

「さっきのプラネタリウムでの話。人がたくさんいる場所を好むってのは大当たりで、この店に来るのも誰かの声を聞いていたいからなんだよね——ねえ、聖ちゃん。膝貸して」

返答を聞かず、聖の膝を枕にしてソファに寝転がる。狭い室内のL字ソファでは足を延ばすこともできないが、トラは気にしていないらしく、気持ちよさそうに伸びをして、聖の膝に頬ずりをする。その姿はまるで猫だ。

「あー、癒やされる……卒業したら膝枕屋さんなんて始めるのはどう？　オレが資金援助するし、毎日通うから」

軽口を叩きながら、しかしその顔に切なさを感じたのだ。心地よいと口元を緩ませているのに、その瞳は遥か遠く、聖の知らない何かを見つめている。

それが寂しくて、引き留めるようにトラの髪に触れた。さらさらの細い髪は掬ってもすぐに落ちてしまう。滑り落ちていく感触が気に入り、何度もトラの髪を撫でた。

「……ふふっ」

「え？　おかしいことあった？」

「いえ。何だかトラさんが可愛く見えてしまったんです。甘えん坊みたいだな、って思ったらつい笑ってしまって」

「甘えん坊……か。そうかもね、足りてないのかも」

トラらしくない呟きだった。その重たさに、聖の手が止まる。

見れば、その視線は変わらず遠くを見つめていて、それは追慕なのだろうと気づいた。

「夏に、さ。オレの部屋に飾ってた写真の人、覚えてる？」

「トラさんのお母さん……でしたよね」

トラによく似た男の人だった。身体つきは華奢で聖に近いが、それは彼がオメガだからだろう。

「正解。よく覚えてたね。でも、リュウとは似てないでしょ？」

「実は、リュウさんから聞きました。二人は兄弟だけど、母親が違うと」

「へえ。珍しい、あいつがそこまで話すなんて」

そう言った後「そこまで入れこんでいるのか」と呟いたが、掠れ声のため聖が聞き取ることはできなかった。

トラは聖を見上げた。そしてにっこりと微笑む。

「オレの母さんは、亡くなったんだ」

「……っ！」

「いわゆる愛人ってやつ。でも何も知らずに番になってオレを産んで……そうして引き返せなくなってから、父が妻帯者で他にも女の番がいることを知ってしまったんだ」

「他の番というのはリュウさんのお母さん、でしょうか」

「そう。あっちが正妻……今は頭おかしくなってるけど」

トラは肩を竦めて、ため息を吐くように続ける。

「親父が愛したのは正妻じゃなくオレの母さんだった。でも、一番愛してると言われても母さんは満足できなかったんだろうね。親父を独占したくて、狂って——最後は飛び降りて、この世から消えた。オレを捨てたんだ」

普段の明るい調子に隠されていた辛い過去が聖の胸を打つ。ここで聞かなければ、まったく気づかなかっただろう。たまらなくなってトラの頬を撫でた。

「母さんのことをリュウは『不幸』だって言うけどオレはそう思わない。狂うぐらい好きになれるなんてすごいよ。オレを残していったことは最悪だけどね」

「……その後トラさんはどうなったんですか？」

「オレは親父のところに身を寄せることになって、晴れて金嶋一族の仲間入りだ。でも受け入れてくれたのは、オレが求められているわけじゃなくて『後継者の代わりになれるアルファ』なだけ。誰もオレを見てくれない」

トラが賑やかな場所を好む理由がわかった気がした。寂しくて、自分以外の誰かを求めているのだ。自分を見てくれるのであれば人でも星でも問わない。そうして生きているのだと実感したかったのだろう。

想像して、苦しくなる。家族に捨てられたトラの絶望を、聖も知っているからだ。

「後継者……つまりリュウなんだけど。あいつって努力家でさ、コツコツ努力して難しいことでもクリアしちゃうんだよ。そのたびにスペアであるオレも同じものを求められて、たとえクリアしたとしても誰も褒めてくれない。スペアなんだから、それは当たり前なんだって言われておしまい」

トラは空中に手を伸ばし、プラネタリウムの時と同じように、指で摘まんだ。聖にはわからないが、煩わしい星のようなものが、見えているのだろう。

「リュウがいる限り、オレはスペアのまま。金嶋銀虎じゃなくて、金嶋龍生のスペアなんだ」

美しい顔つきが、歪んだ。摘まみ合わせた指先を憎しみたっぷりに擦り合わせながら呟く。

「大嫌いだ。リュウがいなくなれば、オレがオレとして認められるのに」

二人が抱く苦しみは、近くにいるのにすれ違っている。そして互いに嫌い合っているのだ。

それが切なくて、もどかしくて。感情が溢れて泣きそうになるのを精いっぱい堪える。

「泣かせるつもりじゃなかったんだけど……ごめんね」

「トラさんのことを知って嬉しいんです。でも、こんなの、悲しくて……僕は仲のいい二人を見ていたいのに」

残酷な願いなのかもしれないとわかっている。それでも二人とも憎しみから解き放たれてほしい。

聖の願いを知らず、トラはゆっくりと身を起こし、タートルネックシャツの首元をずいと伸ばした。

そこにはいつか見たような赤黒い痣が数本、白い肌に刻まれていた。

「これ、リュウにも同じものがあるんだ。ねえ、何だと思う?」

「え……これって」

「指の跡に、似てない?」

瞬間、その痣の意味を理解した。

発情期の日、首を絞められ、呼吸を奪われた苦しみが蘇る。その痣はあの時の指先によく似ている。

幸い聖の首には何の痕も残っていない。つまり痣が残っている二人は、あれ以上の痛みを受けたのだろう。

「仲良くなんて無理だよ。オレもリュウも、お互いに殺してしまいたいと思ってる」

「殺すなんてだめです!」

「でも変えられないんだ、お互いに。事後処理が面倒だからしていないだけで、その気になったらいつでも殺してしまいたいと思ってる。オレたち、狂っているのかもしれないね」

トラは苦笑して、話を打ち切るようにシャツを戻した。

憎しみ合う二人を思うと悲しくなる。頭の中はごちゃごちゃで堪えきれず、聖の瞳から一粒の涙が落ちた。

「こんなオレだもん、嫌いに……なるよね」

「……なりません」

泣きながら聖は首を横に振った。

「憎み合っていても、たとえ殺されかけたとしても、二人を嫌いになりません」

聞くなり、トラは聖を抱き寄せた。

強く抱きしめられたと思えば、今度は聖の頬を両手で包みこむ。抑えられないと言いたげな切ない顔が降りて、聖の唇を塞いだ。

いつかの荒々しいキスとは違う。存在を確かめるようにそっと触れては離れていく。離れるたびに金茶の瞳が、口づけに溺れていく聖だけを映していた。

くちゅ、と艶めいた音がするのに胸が痛む。それはトラが、泣いているように震えているからだ。

柔らかな唇が触れ合うたび、皮膚の向こうに隠されている寂しさが伝わる。体温よりも少し冷たい、ブラックコーヒーに似たほろ苦い味がした。

「ふふ。聖ちゃん、可愛い」

名残を惜しむように長く口づけた後、トラが笑った。キスされただけで赤く染まった聖の頬を撫で、そのまますするりと首筋に落ちていく。

「発情期以外でキスされたこと、ないの？」

「そ、れは……」

つい先週の、リュウとの逢瀬《おうせ》が脳裏に過《よぎ》った。答えるべきかと迷いに口ごもった聖だったが、トラの意識は聖ではなく別のものに移っていた。

視線を追いかけ、気づく。首筋から肩へ。滑り落ちたトラの指先がなぞるのは、肩に咲いた赤い花。時間が経過し、色は薄くなったものの形は残っていた。

「ふ、っはは、あはは。何でこんなに似てるんだろ、ほんと、サイアク」

「これは――」

「いいよ、わかってる。似てるから、あいつと」

笑ってはいるが、怒っているようだった。そして――。

「ト、トラさん⁉」

乱暴に聖の襟を開き、リュウがキスマークを落とした肩とは反対の場所に顔を埋めた。トラの綺麗な髪が揺れて、唇が触れた。

肉ごと噛み千切られるのではと怖くなるほどに強く、皮膚を吸われる。身体を流れる血を呼び寄せ、痺れるような痛みが走った。熱い。とにかく熱いのだ。さらさらと流れる髪が肌をかすめ、触れた肌から体温が直に伝わる。

皮膚が鬱血して赤く染まり、そこでようやく唇が離れた。両肩に所有の印のように、赤いキスマークがついている。

俯いたままでトラの表情は見えず、覗きこもうとした聖だったが、抱き寄せられた。視界はトラの胸板で塞がれ、いつもの甘い香りが距離の近さを示すように鼻腔をくすぐる。

「ごめん、わがまま、言いたい」

逃げることもできないほど強く、トラの身体に包まれているというのに、聖の後頭部に添えられた手はかすかに震えていた。

「嫌いにならないで。捨てないで。傍にいて」

「……トラ、さん」

「オレもずっと聖ちゃんの傍にいる。不幸になんて絶対させない。だから、オレを聖ちゃんの番にしてよ」

囁かれた言葉と距離が恥ずかしく、でも嬉しいと思ってしまうのだ。トラだけしか知らなければ、涙を浮かべて頷いていただろう。

どんなことをされても、隠していた狂気を知っても、それでも目が離せないのだ。もっと一緒にいたい。トラを思うだけでこんなにも『好き』が溢れて苦しくなる。

それでも同じ感情をリュウにも持ってしまっているため選べない。何て優柔不断なのだろう。最低だ。心の中で自身を罵《ののし》っても、二人を好きだという感情は消えない。

「……リュウにも同じことを言われた？」

聖が「はい」と答えると、トラは長くため息をつき、聖を解放した。

「僕は、トラさんもリュウさんも好きです。二人のことを考えていると胸が苦しくて、痛くて、会いたくなる。でもどちらかを選ぶことは……できません」

「それは困ったねぇ。番は一人しかなれないのに」

トラは天井を見上げた。顔の角度はプラネタリウムの時と同じで、そしてぽつりと、呟く。

「聖ちゃんが悩まなくてもいいように、僕が楽にしてあげる。ううん、する。今なら躊躇わずにリュウの心臓を刺せる」

「だめです。そんなことされても、僕は喜びません」

「でもそうしないと……あんたをリュウに取られたくない」

トラは星を摘まんだ時のように手を宙に掲げ——しかし、聖が止めた。離してしまえば何をするかわからないこの手を、摑まないと恐ろしいことになってしまいそうで。

「抑制剤も効かない僕は、番が必要なんだと思います。でも選ぶのは僕です。だからリュウさんを殺すだなんて、絶対にしないでください。そんなことをしてしまったら、僕はトラさんを嫌わなければいけなくなる」

嫌われる。それがトラに恐怖を与えたのか、するすると手の力が抜けていく。

「それは困るな。オレ、嫌われたくない」

降参だ、とトラが苦笑した。その瞳は伏せられていて、煩わしいと嫌っていた星は見えていないのだろう。


「美味しいご飯でした。また食べに来たいですね」

「でしょ？　オレのお気に入りなんだ」

食事を終えて、帰路をたどる車中。二人の間に流れる空気は穏やかなものに戻っていた。聖もトラも、抱えた感情を隠しているのだ。

「今日の記念にプレゼントがあるんだ」

信号に引っかかり停止したタイミングで、トラがポケットから小さな箱を取り出した。ピンクの包装紙でラッピングされ、その可愛らしさは開けるのを躊躇うほど。

手のひらに乗せてプレゼントを眺めている聖だったが「開けていいよ」とトラに急かされ、リボンを外す。

それは重厚感ある金属のケースだった。艶のない落ち着いた黒を基調とし、側面に薄桃色のラインが彫りこまれている。蝶の模様が刻まれた蓋は裏に小さな鏡がついている。中は内布が敷かれ、仕切りの板がいくつもついていた。

「ピルケース、ですか？」

「うん。聖ちゃんに似合いそうだと思って選んじゃった。横に入ってるピンクのラインが聖ちゃんみたいで可愛いでしょ」

前に使っていたプラスチックのピルケースに比べればしっかりとした作りで、使うのを勿体なく感じる。聖には豪華すぎる気もしたが、トラの言う通りピンクのラインが可愛らしく、夏に着た薄桃色のミニドレスを彷彿《ほうふつ》とさせる。楽しかった夏の日々が手元にあるような気がして、それをトラが選んでくれたことがとても嬉しかった。

「でもこんな高そうなもの、もらえません」

「いいの、受け取って。聖ちゃんを傷つけてしまったことへのお詫《わ》びだから」

返そうとしてもトラは受け取らず、そのうちに信号が青に変わった。

「これは聖ちゃんの。わかった？」

「……はい。大事に使いますね」

もらったピルケースを鞄に入れると、なぜか胸の奥がじんと温かくなる。

好きな人からプレゼントをされると、こんなにも満ち足りた気持ちになるのか。湧きあがる感情を噛みしめると、頬が緩んだ。

＊＊＊

慣習のように、薬を飲む。効かないのだとわかっていても、ブルーグリーンの錠剤から離れることはできなくて、飲んでいなければ二人に嫌われてしまうのではないかと不安になる。二人に抱いている『好き』が恋愛としての好きなのか、それとも違うものなのか。答えが見つからないまま、それを嘲笑うように葉が落ち、残るのは夏に比べれば痩《や》せて見える枯れ木のみ。

「……そろそろ、補充しないと」

受験が近いこともあり、机に向かってばかりだった聖は、大きく伸びをして呟いた。

補充というのは薬のことだ。発情抑制剤をシートから取り出し、トラからもらったピルケースに詰める。

「すっかりジャンキーだな」

慣れた手つきの聖を見て、信清が笑う。

「ジャンキーって……否定はできないけど」

一日、二種類の薬を飲む。リュウとトラからもらった発情抑制剤と、もう一つは——そこでふと、思い出す。

この薬は、なぜ飲むようになったのだろう。高校に入る前は飲んでいなかった。飲み始めたのは十七歳。確か、夏の日。初めての発情期を迎えて、訳もわからぬ間に犯された後。体調を崩して寝こんでいた聖はこの薬を受け取ったのだ。欠かさずに飲むことを命じられて、何も考えずに受け入れていた。身体が弱いから、免疫力を高めるために。語られた理由を疑わずにそのまま飲み続け——そう、疑うことがなかった。

「……聖？」

「えっ、あっ——」

声をかけられて我に返り、そのはずみで手のひらに乗せていた薬が床に転がった。穢れなんて知らないだろう白色の、薬。ころころと転がっていく粒は呆れ顔を浮かべた信清に拾われた。

「そこまで慌てなくてもいいだろ。疲れているんじゃないか、最近勉強ばかりだろ」

「……そうかも」

「無理するなよ。これからどんどん寒くなっていくんだから、風邪引いたら大変だ」

聖はカレンダーを見た。十一月も半ばとなっていて、保護特区に移送するかの審判が下る日はじわじわと近づいている。

「……番を、決めなきゃ」

自分に言い聞かせようとしたその言葉は口から漏れていた。

「まだ諦めてなかったのか……それ以外の方法でも保護特区は回避できる。番は好きな人と、って約束しただろ?」

聖の表情は曇っていた。二人とデートをし、その後も何度か学校で顔を合わせた。それでもまだ気持ちが固まらないのだ。どれだけ考えても八方塞がりのまま、選べずにいる。

「ねえ、信清」

「ん?」

「僕、好きな人がいるかも……ううん、違う。好きな人がいる」

ぴたり、と部屋の空気が固まった。一足早くやってきた真冬の風が、この部屋を包みこんでしまったのかもしれない。

「でも悩んでいるんだ。好きな人が二人いて、二人から告白されて番になろうと言われた。僕はどちらを選んでいいのかわからなくなってる」

「番に……なるのか?　聖が、番になったら……そうしたら……」

信清の問いは、普段と異なり地を這うような低い声だった。それが不気味で、目の前の人物が信清ではない別の人に見えてしまう。

「信清?　どうしたの?」

何か気に障ることを言ってしまったのかと不安になってその名を呼べば、その瞳にうっすらと光が戻った。

「……何でもないよ。聖に好きな人ができたなんて、よかったじゃないか」

杞憂だったのかもしれない。明るさを取り戻し、にこやかに微笑む信清は今までと変わらない。こんなにも親身になってくれる友人を、不気味だと思ってしまったなんて。信清の様子に安堵しつつ、聖は先ほどの自分を思い返して反省した。

「応援するよ。好きな人と番になれるといいな」

「うん。ありがとう、信清」

「これから十二月、イベントが多いからチャンスだな。クリスマスなんて定番だろ」

「クリスマスか……今まで気にしたことなかったよ」

聖が呟くと「クリスマスといえばカップルでデートだろ」と信清が自慢げに語った。

＊＊＊

初めて信清に会った時のことを、覚えている。

信清の母に連れられて向かったのは本家に比べれば随分と狭い家で、中に入ると男の子が目を輝かせてこちらを見ていた。

「信清。前にお話ししたことがあるでしょう。あなたの従兄、聖くんよ」

信清の家は本家との交流を絶たれている。信清の母と会ったのもこの日が初めてだったのだ、目の前にいる従弟の顔はおろか名前も、聖は知らなかった。

「きみが聖なんだね！　はじめまして、おれは信清だよ」

「……のぶ、きよ？」

雨と泥塗れでお世辞にも綺麗とはいえない聖に対し、信清は顔をくしゃくしゃにして微笑む。

父や兄たちならば聖を蔑み、罵倒《ばとう》していただろう。だが信清は、臆《おく》することなく聖の手を握りしめた。

「なかよくしようね」

何て、温かいのだろう。その眩しさは太陽のようで、聖は俯いた顔を上げることができなかった。

「聖くんのお母さんからね、あなたのことを頼まれていたの。何かあった時、この家で聖くんの面倒を見るって約束したわ」

この出会いは母が残したもの。だとすれば、信清は——この太陽の従弟は、母が与えてくれた友人なのかもしれない。

それでも幼少期に植えつけられた劣等感は消えなかった。どれだけ歳月を重ねても、父に捨てられたのだという事実は色褪《いろあ》せず、聖を縛りつける。

隣には、皆に慕われる太陽に似た従弟が常にいるのだ。家族に捨てられず、愛されて育った信清がいる。劣等感が蝕んでいく。光あれば影あり。従弟が様々な人に求められるたび、聖の足元を影が覆う。捨てられて苦しむぐらいなら、好きも嫌いも失ってしまえばいい。無関心になって、人形のように。

明るい、白い、ひかり。

その眩しさに意識が戻っていく。まだ眠気が残る瞼を開けると、消したはずの部屋の電気が煌々と灯っていた。

「あれ……電気、どうして……？」

見れば窓の外は暗く、時刻はまだ夜中だった。となれば信清が電気をつけたのか。むくりと起き上がった聖の視界に飛びこんだのは、意外な人物だった。

「おはよ、聖ちゃん」

「起こして悪かったな」

リュウとトラがいる。夢ではなく本物の。

慌てて辺りを見渡すが、就寝前と変わらず寮の自室だ。病院だの別荘だのではない。

「ど、どうして二人が……夜中ですよ⁉」

「夜這いでーす。って言いたいんだけどね、ちょっと遊んでる余裕はないかな」

「緊急事態だからな――なあ、そうだろう？」

リュウが睨みつけた先。聖の机の前に、信清がいた。

違和感。がらりと開いた引き出しは間違いなく閉めていたはずで、信清がその引き出しを開ける必要もないというのに。

「信清？　どうして僕の机に……」

信清は聖のピルケースを握りしめていた。蓋に刻まれた蝶のデザインは間違いなく、聖がトラからもらったものだ。

漂う重たい空気に喉がカラカラに渇く。眠っていたからなんて言い訳をしても足りないほどに。絞り出した聖の声は掠れていた。

「……それ、僕の、だよね？」

「こ、これは——！」

動揺した信清の手から薬の粒がばらばらと落ちていく。

落下し、転がるブルーグリーン。ここは寮の自室なのに、深い井戸に落ちていくような音が、耳元で鳴った気がした。

動けない信清と聖を置いて、一歩、トラが踏みこむ。そして床に転がった薬の粒を拾い上げた。

「驚くぐらい、似てる。知らない人なら騙されちゃうね、こんなの」

「騙……される？」

「や、やめろっ！」

目を丸くする聖に、信清が叫んだ。だがリュウとトラは動じず、話を続ける。

「聖。前回お前が発情期に入ってしまったのは、薬が効かなかったからではない。この薬が、別の薬にすり替わっていた」

トラは薬を聖の手のひらに乗せて、側面を指した。

「錠剤にはコードってのが刻印されていてね、聖ちゃんが使っている薬は特別に製造したものだから、このコードが短い」

今度はリュウが、信清に寄る。ピルケースを乱暴に奪い取ると、中から同じブルーグリーンの粒を取り出した。

「ほら。これがすり替えられた薬だ」

もう一粒。リュウに渡された薬の側面を見る。

「違う……薬だった……？」

そこには、最初の薬よりも長いコードが刻まれていた。

薬がすり替わっていたことに気づいていなかった。秋の発情期は別の薬を飲んでいたから起きてしまっただけで、聖の身体が原因ではなかったのだ。

「つまりあんたは、何も悪いことをしていない。騙されただけなんだよ」

「で、でも騙すなんて……誰が……」

言いかけて、気づく。信清が今にも泣きだしそうな顔をして、こちらを見ていた。

いや、まさか。信清なわけがない。起きていたことも、ピルケースを持っていたことも、きっと偶然だ。

「ち、がう……よね……」

「…………」

「これは違う、って……言ってよ……薬を持っていたことも偶然だよね……？」

それでも信清は何も言わない。唇を嚙みしめて、顔を背けるだけ。

「偶然じゃないよ、聖ちゃん」

代わりに言ったのはトラだった。

「プレゼントしたピルケースに、ちょっとした罠《わな》を仕掛けていたんだ。蓋の裏に鏡がついているでしょ？　小さな穴があいてて、カメラとセンサーをつけているんだ」

「蓋を開くと、センサーが反応して俺たちに連絡が入る。そしてカメラが動き、開いた人物の様子を録画していた。聖がピルケースを開くのは服薬のための決まった時間だったが、週に一度、夜中にセンサーが反応していた。その時カメラに映っていたのはお前ではない別の人間――時田信清だった」

その人物は、聖に気づかれずに薬をすり替えるため、夜中にピルケースを開いたのだろう。それでもまだ願ってしまう。信清が薬を持っていたことは偶然で、すり替えるなんてしないはずだと。

「聖。もう一つ、お前に伝えることがある」

リュウは再びピルケースから薬を取り出す。今度は白い粒だ。

「お前は、この薬の効果を知っているか？」

「身体が弱いので免疫力を高める薬だと、聞いてました」

「ふふっ、聖ちゃんってつくづく騙されやすいんだね。かーわいいー」

部屋に漂う緊張感を無視して茶化すトラに、リュウがわざとため息を吐く。

「前にも話したが、オメガは発情期にセックスをすると妊娠する確率が高い。だがお前は、初めての発情からずっと妊娠したことはなかった。その理由は愛がないからだとお前は言っていたが――本当の原因はこの薬だ」

「これはね。オメガ用の避妊薬。長期間服用を続けることで、『愛を殺す』効果があるんだ。あんたはずっと、この薬を飲んできたんだよ」

ぐらりと、視界が揺れた。動揺し、無意識のうちに呼吸が浅くなる。

「その薬もすり替えられていたのかも――」

「いや、それはない。お前の身体を調べた時に、この薬の長期間服用を認めるデータが出ている。俺たちが出会った四月より前から、この薬を飲み続けていたんだろう」

飲み始めたのは去年の七月、初めて発情した時からだ。

この薬を渡した人物は、聖がオメガであることに気づき、オメガ用の避妊薬を用意したのだろう。これは免疫力を高める薬だと偽って。

「ねえ、聖ちゃん。あんたにこの薬を渡したのは、だあれ？」

嘘だと言ってほしい。裏切らないでほしい。かすかな期待をこめて、その人物を見た。せめて一言でいい。これは夢なのだと言ってくれれば、安心して瞼を伏せるのに。聖に避妊薬を渡した人物は俯いたままだった。

「……信清」

「………………」

ようやく顔を上げ、唇が動く。

声は出さずに「ごめん」と呟いているようだった。無声のメッセージに気を取られた瞬間――トラとリュウを押しのけ、信清が走りだす。

「待って！」

突然のことに反応できず、振り返った時には、消灯後の暗い廊下に信清の身体が滑りこんでいくところだった。

慌てて追いかけ、廊下に出るも、パタパタと走る音が遠ざかっていくだけ。ましてや運動部所属の信清だ、追いつくことは難しい。

「……逃がしたか」

チッ、と舌打ちを残してリュウが部屋に戻っても、聖はまだ廊下に立ち尽くしていた。

暗く、闇の中のような廊下。その奥に消えていったのは長年共にいた存在で、失った実感もまだ湧いてこないのだ。

「……どうして、」

足音はもう聞こえなくなった。聖には見えない、深い闇に落ちていったのかもしれない。

それでも止められないのだ。一方通行の質問を暗闇に投げかける。

「どうして、僕を騙したの……」

＊＊＊

「あらあら、まるで兄弟ね」

それを言ったのは信清の母だった。引き取られた翌日には打ち解け、手を繋いで歩く聖と信清に優しく微笑む。

「あのね！　きょうは聖といっしょにあそぶの」

へへ、と照れくさそうに笑う信清につられて、聖も微笑む。時田の家では、父や兄たちの前では出すことのなかった笑顔だ。

遊ぶ時も寝る時も手を繋いでいた。小学校でも、中学校でも、全寮制の高校に入っても。いつだって信清がいたのだ。

「……帰って、きてない」

目覚ましより早く起きて、隣のベッドを確認する。寝具はそのままで戻ってきた形跡はない。

昨晩のことが夢であればいいという淡い期待は、残っていた眠気と共に消えてしまった。いつもより部屋が寒く感じて――そこでようやく、信清を失ったのだと実感した。

＊＊＊

一人の部屋にも慣れてきた十二月。放送で呼び出されて応接室に行くと、二人が聖を待っていた。

「聖ちゃーん、会いたかった！」

扉を閉めた途端、背後からトラが抱きついてくる。

突然のことに慌てる聖だったが、先に動いたのはリュウだった。眉間に深い皺が刻まれた様子から、相当ご立腹のようだ。

「いい加減にしろ。遊びに来ているわけじゃない」

お前の席はここだと言わんばかりに、リュウの手がソファを叩く。するとトラは離れ、唇を尖《とが》らせたままソファに座った。

そんな二人のやりとりが懐かしく、ぽっかりと空いた聖の心に沁みこんでいくようで、つい笑みがこぼれてしまう。

「あれ以来、だな」

三人が落ち着いたところでリュウが切りだした。あれ以来というのは信清が失踪した日のことだ。

信清は戻ってこない。学園でも騒ぎとなり、実家にも連絡をしたが、信清は見つからなかった。

「今まで一緒だったので、寂しいです」

「俺たちの方でも捜索しているが、まだ情報は入ってきていない」

ここまで日が経ってしまうと、ただの家出とは考えにくい。事件に巻きこまれたり、命に関わることが起きていたりするのではないかと心配になってしまう。

特に失踪直前の追いつめられていく信清を思い返すだけで胃が軋んで、酸っぱいものがこみあげてくる。あそこまで追いつめてしまったのは自分ではないかと、後悔ばかりが浮かんでしまうのだ。

「信清は僕がオメガだと気づいていたから避妊薬を渡したんだと思います。でもどうして教えてくれなかったのか……それに発情抑制剤をすり替えたことも。まるで僕が発情するのを願っているみたいで、ずっと気になっているんです」

「発情してどんどんヤりまくれ！　ってことだったんじゃないの。信清くんも、聖ちゃんとヤりたかったんじゃない？」

聖は首を横に振った。

「それは、ないと思います」

「どうして？」

「……僕は信清と、そういうこと、できません」

リュウとトラ、二人の目が丸くなった。

「信清は兄弟同然に育てられて、ずっと一緒だったので……そういう目で見られないんです」

「兄弟同然ってことは、オレでいえばリュウとヤるって話になるんだね……んー……」

ぽつりと呟き、トラが目を瞑る。

よからぬことを想像しているのか、しばしの間黙り、それから。

「無理。勘弁して」

「やめてくれ。お前の妄想に俺を使うな。吐き気がする」

二人して、顔をしかめる。それがまったく同じタイミングだったので、聖は苦笑した。

「……とにかく。お前の言いたいことはわかった。信清とはセックスができない。そういう対象ではない。それを信清も知っているんだな？」

信清も、知っている。聖は頷いた。

だからこそ、引っかかるのだ。性行為の対象にはならないとわかっているはずなのに、なぜ聖の発情を望んだのだろう。発情期に入ってしまえば保護特区に移送される可能性もある。それに聖はリュウとトラを信じて薬を飲むと信清に話しているのだ。応援すると言っていたのに、どうして薬をすり替えたのか。

「……早く帰ってきてほしい」

聖が納得できない答えでも構わない。信清の口から理由を聞けば、その心に近づける気がする。

「お前のために、俺たちも全力で捜す……と言いたいところだがな」

リュウは、長いため息をついた。トラも疲れた様子で頷く。

「ちょっと忙しいんだよね。仕事がハードで」

「保護協会のお仕事ですか？」

「ううん。保護協会の活動は本職の合間にこなしてるだけ。今は本職……カネシマグループの方が色々と面倒なんだ」

「ライバルグループの妨害が酷い。おかげさまで睡眠時間が減る一方だよ」

リュウもトラも目の下がどんよりと暗くなっている。二人とも働きづめなのだろう。

そういえば夏も、忙しくしていた。その時もライバルグループの妨害を受けていたはずだ。

そして裏には時田家がいた。

「……もしかして、時田家が関わっていますか？」

「ああ。今回の妨害も、時田家が支援するＳＧグループだ。やつらは俺たちが不眠症になるのを望んでいるらしい」

「困ったね、飲みに出歩けないや。でもしばらくの辛抱だよ。今は時田家も大変らしいから、余裕こいてパトロンしているのも限界なんじゃないかな」

「時田家が大変って、何かあったんですか？」

今更父を助けたいなど甘いことは考えていない。純粋な興味で訊いた聖に、リュウが答えた。

「噂だが、金絡みらしい」

時田本家との関わりを絶っていることもあり、そんな状況になっていたとはまったく知らなかった。関係ないとはいえ、本家に何かあれば聖が身を寄せている信清の家にも影響が及ぶかもしれない。

「大丈夫。落ちこまないで」

表情に不安の影がさした聖だったが、トラがカラカラと笑って重たい空気を打ち消す。

「オレたち天下のカネシマ様だから！　困った時にはリュウが何とかしてくれまーす」

「……何を言うのかと思えば、随分と他力本願だな」

リュウは呆れ気味に呟き、頭を抱えた。

「というわけで。次の発情期予定は十二月の末だけど、話した通りオレたち忙しくてさ、それまでに会いに来られるかわからないんだ」

「……そう、なんですね」

しばらく会うことができない。それを知って、聖の胸がずくりと痛む。

この痛みは、二人のことを好きだからなのだろう。だがまだ恋愛としての好きなのか、どちらを選ぶのかは決められず、自問しても答えは返ってこない。

「発情抑制剤については継続して飲んでくれ。あと感情の高ぶりも抑えるようにな」

「はい。大丈夫です」

クラスメイトからの予約依頼も、随分と減った。信清がいなくなったことで影響が出ると思ったが、この二回ほど発情期を人に見せなかったことが幸いし、穏やかな学園生活が続いている。それに薬を飲むことにも慣れてきた。避妊薬も万が一のことを考えて継続して飲み続けている。

だが、番を見つけた方がいいのだろう。薬をすり替えられる心配はなくなったが、感情の高ぶりについては難しい。一人では達することのできない哀れな身体とはいえ、万が一を思うと番という選択肢に行き着いてしまうのだ。

もっと考える時間が欲しい。クリスマスに会いたいと願っているのに、二人の忙しさを思うと提案する勇気が出てこないのだ。

「……聖ちゃん？」

考え事をしていた聖に気づき、トラが声をかけた。

「どうしたの、何かあった？」

「あ、いえ……クリスマスが……」

不意のことで気が抜け、その単語がこぼれる。

もちろん二人は聞き逃さない。少し驚いた後、トラがにたりと笑みを浮かべて言った。

「もしかして、クリスマスにデートしたかった？」

「でも、仕事があるので……」

「いやいや！　それは何とかするから。リュウはめちゃくちゃ忙しくて遊ぶヒマもないけど、オレはフリーだよ」

「勝手なことを言うな。お前だけ仕事を詰めてやろうか？」

リュウとトラが睨み合いを始めたところで、聖は首を横に振った。

「だめです。二人に、会いたいんです」

どちらか一人だけでは悩みは解決しない。二人と共に過ごさなければ番を選べないだろう。

だがそれは、今でさえ疲労が顔に出ている二人に無理をさせてしまう。会えないことよりも辛い思いをさせる方が嫌だった。

「わがままを言ってごめんなさい。クリスマスのことは忘れてください」

そう言って、聖は立ち上がった。身勝手なことを言ってしまった自分が恥ずかしく、これ以上二人の顔を見ていられなかったのだ。

話はこれで終わりだと、応接室の扉に手をかける。

「聖！」

「聖ちゃん！」

出ていこうとした時、二人に呼び止められた。

「クリスマス、会おうよ。三人で」

聖の背にかかる優しい言葉に、心臓が高鳴る。跳ねて、跳ねて、これ以上ないぐらいに喜んでいるのだ。

「お前にわがままを言われるのは嬉しいんだ。叶えてやりたくなる。だから、その日は予定を空けておけ」

こんなに緩んだ顔を、二人に見せてしまえば笑われるかもしれない。恥ずかしいのに、それでも二人の顔が見たくて振り返った。

「はい！　楽しみにしています」

＊＊＊

信清がいないことを除けば、変わりのない日々。薬を飲み忘れることなく、日が経っても発情の兆候は出ない。今度こそ効いているのだと確信し、平和なクリスマスがやってくるのだろうと思っていた。


クリスマス前日の夜。

忙しいと話していた通り前回の来訪から二人には会えず、明日は念願の再会だ。そればかり考えて興奮していた聖は、床についたものの消灯時間を過ぎても寝つけずにいた。

「……寝なきゃ」

信清がいなくなってからというもの、この部屋は聖だけになって寂しく、それを誤魔化すように独り言の数も増えてしまった。

目を瞑る。それでも眠気はやってこない。

今頃、信清はどうしているのだろう。続報はなく、信清の親も行方を知らない。いつ戻ってきてもいいようにと、毎日欠かさず寝具を整えているのだが、やはり信清のベッドは綺麗なままだ。

「……どこかで、温かくして寝ているよね」

遅い時間だ、きっと眠っているだろう。居場所がわからないのなら、せめて快適な布団の中にいてほしいと願うだけ。

ゆるゆると眠気があがってくる。心地よいまどろみが全身を包もうとして——

がたんと揺れる音。聖が発したのではなく、遠い場所。それは寮の扉だったように思えた。

聖ではないのなら誰が。目を開けて、音の場所を見た。

消灯時間になっても消えない廊下の明かりが、開いた扉から室内に入りこんでいる。誰かが、扉を開けたのだ。

明かりは影を生む。寮の床に長く伸びた人影が映っていた。

「……ごめん、起こしちゃったか」

その声に、姿に。聖は飛び起きる。眠気は一瞬で蒸発して消えていた。

「信清！　戻ってきたの⁉」

「うん。夜遅くにごめんな」

部屋の電気が消えたままだからか、表情まではわからない。だがその声は、普段よりも低く、信清が疲れているのだろうと思った。

「信清のばかっ！　心配したんだよ！」

「……大丈夫。もう戻ってきたから」

慌ててベッドから降りて駆け寄る。いつもの信清だったら。聖を優しく抱きとめてくれただろう。

だが、違った。

「聖の傍にいるよ」

ぞくり、と足元から冷ややかなものが這い上がってくる。違う。これは、聖の知っている信清ではない。

気づいた時には駆けだした足を止めることができず、その距離が近づいて——聖の首筋に衝撃が走った。針に似た鋭いものが、ぴしり。皮膚を貫いて刺さってしまうのかと思うほど、身体の奥深くに痛みと痺れが行き渡る。

「え……？　な、にこれ……」

足に力が入らなくなり床に膝をつく。体勢を立て直すことができず、ばったりと身体が倒れこんだ。

信清の手には黒い箱のようなものが握られていた。先端に金属がついている。あれはスタンガン、だろうか。

身体のコントロールと、意識と、重力に逆らえず落ちていく。

黒のカーテンが下りて狭《せば》まっていく視界の中で、ようやく信清の顔が見えた。光のない目が細められ、にたりと微笑んで聖を見つめているのだ。

「ずっと一緒だよ、聖」

暗闇。遙か遠くの方で、信清が甘く呟いた。

＊＊＊

ゆるゆると感覚が戻っていく。重たい瞼を開くほどの元気はなく、夢か現実かわからぬ暗闇をぼうっと彷徨《さまよ》っていた。

鼓膜を揺らすは騒がしい声。歓声やどよめきが聞こえて、それから男性がマイクを使って何やら喋っている。内容までは判別できなかったが、煽るようだと思った。

ゆっくりと氷が溶けて部屋の温度に馴染んでいくように、意識が少しずつ戻っていく。思い浮かぶのは意識を手放す直前のこと。信清が戻ってきて、でも大した話はできなかった。駆け寄ったのに――それ以上が思い出せない。

「もうすぐだよ、聖」

声が、した。告げられた聖の名に呼び戻され目を開くと、視界に飛びこんできたのは信清の笑顔だった。

「……よかった。起きてくれた。間に合ったね」

「のぶ……きよ？　あれ、僕は何をして……ここは……」

立ち上がろうとするも身体をうまく動かせない。もどかしく身を捩らせれば、じゃらじゃらと金属の揺れる音が響いた。

音と、違和感。両手に体重がかかって手首が痛く、見れば地面に足がついていない。宙に浮いているのだ。

手首にゴム製の手錠がはめられ、手錠の鎖は天井のパイプに向かって延びていた。吊り上げられている。金属の揺れる音は、この鎖がぶつかった音だった。

この部屋は学園ではない。室内は狭く、何かわからぬ煙が充満している。空気はどんよりと重たく濁っていて、汗とアルコールとたばこの交じった嫌な臭《にお》いがしていた。

部屋に窓はなく、一部の壁は別珍の赤いカーテンで覆われている。カーテンの足元から光がこぼれ、下卑《げび》た笑い声が聞こえていた。

「大人しくしていてね。出番はもうすぐだから」

「出番って……どういうこと？」

聖が訊くと、隣に立つ信清は、さも当たり前のことを話すかのように、表情も変えず答えた。

「聖の番を決めるんだよ。番が欲しいんだろ？　だから選んでもらうんだ――こんな風に」

信清がカーテンを少しだけ捲った。明るい光がこちらに入りこんでくる。

その先を見やると、明るい部屋には、顔半分を隠すベネチアンマスクを着けたスーツ姿の男たちが集まっていた。それぞれ番号が書かれた札を手にしている。

部屋はいくつかのステージがあり、使用していないステージは聖がいる場所と同じようにカーテンで覆い隠されていた。仮面の男たちは皆、横を向いていることから、今は隣のステージを使っているのだろう。

歓声があがった。進行役だろう男の声がスピーカーから室内に響く。

「千百二十万！　出ました、千百二十万です！　他、いらっしゃいませんか？」

「はい、千百四十万が出ました！　さあさ、千百四十です！」

異様な光景だった。次々に値段があがり、そのたびに会場が熱気に包まれていく。男たちは仮面の奥に隠した瞳をぎらぎらと光らせ、緩んだ口元は汚くだらしない。

まるで肉食獣の檻《おり》だ。放りこまれたくない、と本能が拒否する。恐怖に息を呑む聖を見て、信清が笑った。

「さあ、準備しよう。この世で最も美しい存在は聖なんだって教えてあげようね」

信清はポケットから鋏《はさみ》を取り出すと、聖の胸元に刃を当てた。

「な、にをするの――」

答えるように鋏の刃がざくざくと動いて聖のシャツを切断していく。冷たい刃が肌に触れているのは恐ろしく、身を動かすことはできなかった。

両手が繋がれているため抵抗できず、シャツからスラックスへと続いて切られていく。切られた布は虚しく床に落ち、瞬く間に聖の身体を覆うものはなくなった。

「綺麗だよ、とても綺麗」

両手を吊り上げられて身体が伸びていることもあり、秘部まで晒していることがひどく恥ずかしい。せめてもの抵抗と太股を合わせて股間を隠すが、それでも羞恥心は消えない。

「こんなの、やめて……恥ずかしいよ……」

「聖は、商品なんだよ。これから番にしてくれるご主人様を探すんだ。そのために聖の美しさを皆に見せつけないと」

信清の指先が聖の体軀を撫でた。

「ここはオークション会場なんだ。オメガを売る場所」

「オークション？　オメガを売るってまさか僕が――」

震えの交じった問いかけに、信清は頷いた。

「……俺はね、聖が好きなんだ」

「こんなことやめて。僕を放して！」

「そうしたらあの二人のところに行くだろ？　だから絶対に放さない。俺の聖をあいつらに渡すもんか」

その表情は穏やかで——だからこそ不気味である。両目は聖を捉えているのに、でも違うものを見ているのだ。

「色んな人に抱かれ、傷つき、そうして聖が壊れるのを待っていたんだ。壊れてしまえば周りに誰もいなくなって、俺だけが残るから」

「……壊れて、ほしかったの？」

「そうだよ。ぐちゃぐちゃに乱されて、歩くこともままならない人形になってほしいんだ。俺だけを頼って、俺の言うことだけを聞けばいい」

「だけど、」と言って信清は自らの唇を強く噛んだ。聖の肌を優しく撫でていた指先が、凶暴さを剝き出しにして爪を立てる。

「あいつらが来てから、聖は変わった」

「……っ！」

「純真無垢な俺の聖に、好きだの欲だの、無駄なものを与えたんだ。あいつらに、変えられたんだ！」

あいつらとはリュウとトラのことだろう。信清が二人に好感を抱いていないことは知っていたが、ここまで強い恨みがあったとは。かける言葉もなく、聖は絶句した。

信清の手が、外気に晒されて恐怖に萎びた聖の男根を摑む。

刺激を与えられてしまえば、感情が高ぶって抑制剤の効果が出なくなってしまう。発情期に入ってしまえばまたリュウとトラに迷惑をかけてしまい、今度こそ嫌われるかもしれない。

「やめて……お願い……」

　聖の制止は聞き入れられず、男根をすっぽりとくるんだ手のひらがゆっくりと上下に動きだす。

　逃れようと聖が身体を捻れば、鎖が揺れた。金属のぶつかる音に煽られ、信清の瞳に狂気が宿る。

「愛なんていらない。誰かに抱かれている聖はこの世で一番美しいんだよ。だから発情を止めるあいつらが許せない」

「……だ、からっ、薬をすり替え、たの？」

「そうだよ。発情して誰かに抱かれていないと、聖は綺麗になれないんだ。お人形は誰かに遊んでもらわないと埃をかぶるだけだから、ね」

　与えられる刺激よりも、その言葉が奥深くに響く。ずっしりと重たく、聖が抱いていた淡い期待も粉々に踏みつぶすのだ。

「初めて会った時に予感したんだ。聖はとても綺麗で、真っ白な身体に少しばかり泥がついてもそれさえ飾りのように美しい、俺とは違う世界の人間だよ。だから初めて発情して聖がオメガだと気づいた日――聖が犯されていたのを見た時、嬉しかったんだ」

　気づいていたのなら、なぜオメガだと教えてくれなかったのだろう。問いかけようと唇を開いても、それは情けなく艶めかしい吐息になるばかり。

「ここで番になって、壊れてしまえばいい。捨てられたら俺が寄り添ってあげる。拒絶反応で人と交われない身体になっても、俺が温めてあげるから」

「いや、だ……たすけて」

「好きだよ、聖」

嘆願叶わず。信清は屈んで、身をもたげた聖の男根に口づけた。

見上げたまま唇を当てる姿は扇状的で、堪えようとしているのに口端から声が漏れてしまう。

「一回出せば、発情できるよ。早く楽になろう」

「やだ、やだ、やめ――んぅっ」

大きく開いた唇の中に、聖の欲望が吸いこまれた。

唇を窄めて締めつけられ、頬の粘膜と舌に包まれる。二度、三度と信清の頭が上下するたび、その圧迫感が心地よく身体が震えた。

発情してはいないというのに。眠っていた欲が叩き起こされ、身体中を駆け回っている。

求められているのだから、今までならば悦んで受け入れていたはずだ。しかし理性を保った頭が、この行為を否定している。

まるで棘だ。膨れ勃った聖を包むこの唇に棘がついている。それは透明で見えず、だが突き刺さって離れない。

傷口から罪悪感を流しこまれ、開いた穴から快楽を引きずり出す。痛いはずなのに感覚は麻痺し、されるがままの身体がびくびくと跳ねた。

達してしまったら戻れない。わかっているのにずるずると這いあがってくるもの。

間隔が短くなった呼吸と歪めた聖の表情に気づいたのか、信清がにたりと笑った。唾液に塗れて、てらてらと光る男根を手で擦る。その動きは先ほどよりも速く、根元から先端までの長いストローク。それに合わせて窄めた唇も動き、ぬるりとした粘膜が強く締めつけた。

「や、だぁ――――！」

深く吸われた瞬間、激流を押しとどめていた壁が壊れた。

駆けあがって弾ける。情けないわめき声と共に、濁った性が信清の口の中に放たれた。

すべて出し終えたところでようやく信清が立ち上がった。放たれたばかりの聖の精を手のひらに吐き出し、聖に見せつける。

「何だ、俺でもイけるじゃん」

あれほどヤらなかったのに、と虚しく笑う信清と目を合わせることができず、聖は顔を背けた。

「ずっと、聖が欲しいって思ってた。色んな人に抱かれるのを覗き見て、いつか自分が聖を抱くんだって思っていたんだよ」

その声が切なくて、心に鋭く刺さり、痛みが走る。

「だけど、わかったんだ。俺が聖を抱いてしまったら、きっと抜け殻になる。願いを手に入れてしまったその先が、思い浮かばないんだ。ならばいっそ手に入らないまま傍にいた方がいい」

そこで扉の開く音が聞こえた。しかしカーテンはまだ開いていない。聖の競りはこれからなのに誰が――ゆっくり、足音が近づく。

「俺にね、この方法を教えてくれた人がいるんだよ。聖を売って、大金を得て、俺は傍で聖が抱かれるのを見ていればいい。これがみんな幸せになる方法だって、教えてくれたんだ」

音が、止まった。

振り返るより早く、香りがしたのだ。懐かしい。忘れていた、雨の日の匂い。呪いを刻まれた記憶が、悲鳴をあげた。

「っ……とう、さま！」

十年以上も会っていない人なのに、その声をよく覚えている。聖を捨て、呪いをかけた男だ。染みついた恐怖が暴れだす。心臓が慄いて急くのに、身体は氷漬けにされたように動けない。こんな場所で、ましてやこんな格好で再会するなんて恥ずかしい。しかし注がれた視線は軽蔑ではなく――今までに見たことのない笑顔だった。

「嬉しいぞ。まさかお前がオメガだったとはな。さすがは我が時田本家の子だ。あの女オメガは使い物にならないと思っていたが、母として良き子を残してくれたものだ。お前が誇らしいよ、聖」

父が褒めてくれるのをずっと待ち望んでいたはずなのに、嬉しいと思えない。目の前の存在が恐ろしくてたまらないのだ。

「どうして……僕がオメガだと知っているんですか？」

「ああ、それはね、」

父が信清に視線を送った。信清も頭を下げて応える。

「優秀な親戚を持ったな、お前は。お前の様子を報せてくれる良き監視役だ」

「信清……？　嘘、だ……」

「嘘ではない。彼は色んなことを報告してくれたよ。どのようにして暮らしているのか、小学校から中学校、そして高校で同じ寮に入ったことも」

嘘だと願いながら信清を見るが、信清は何も答えてくれない。それどころか冷たく、汚物を見るような視線を聖に送っている。

「先日、彼が教えてくれたんだ。お前がベータではなくオメガだと判明し、金嶋のような成りあがりクズ犬の番になろうとしていることをな。希少価値の高いオメガを見返りなしで金嶋に渡すなど実にくだらない。もっといい活用法があるだろうに」

ああ本当に、裏切られた。リュウとトラのことまで報告されていたのだ。

襲いかかる絶望感に、気力が奪われていく。

室内にいるはずなのに土砂降りの雨に晒されているようで、話し声にいつかの雨音が交じって聞こえた。

「お前を売る。そうすれば金嶋の犬に成り下がることはなく、さらにお前が産み出した金で我が時田家も救われる。信清くんも救われるだろう」

「……っ」

「お前は求められれば何でも受け入れる子らしいな。ならば喜べ。お前の存在が求められているのだ。時田家のためにその身を捧げろ」

何も、言えなかった。悲しみで喉の奥が塞がれ、暴れる力も残っていない。

父が背を向けた。杖をついて歩く姿は、聖の知らぬ老いた姿だったが――何の感情も湧かなかった。

「お前がオメガで、役に立つ息子で、とても誇らしいよ」

杖と、足音。二つの音が遠ざかっていく。

壊れてしまう。リュウとトラに与えられた時間は幻。戻ることはできないのだ。

これだけ暗闇に沈みこんだ身体でも、どこかで花火の音を探してしまう。『欲張りになれ』と聞いた時の、心の鎖が弾け飛ぶ感覚。

手からこぼれ落ちてようやく知ったのだ。あの時間、二人と共にいた時の聖は、幸せだったのだろう。

「……うん。聖、いい顔してる」

信清が、聖の顎を持ち上げてその表情を眺める。真っ黒な瞳に光はない。もしも宇宙に澱《おり》があるとしたら、こんな風に濁っているのだろう。

「最後の仕事だよ」

そう言って、信清は屈んだ。ぴしりと合わせた脚を易々と持ち上げ、臀部を優しく撫でる。

「皆に、聖の綺麗なところをたくさん見てもらおうね。俺も聖のことをたくさん見ているから」

抵抗する気力もなく虚ろな表情なまま、聖はそれを受け入れた。

信清によって、粘ついた液体が聖の身体に塗られていく。特に窄まりには丹念に塗りこまれ、後孔の周囲だけでなく、内部にも指で液体を押しこまれた。眠ってしまった熱もその刺激に疼きだす。一度達したこともあり、通常の性欲とは異なる、発情期特有の大きな波が近づいていた。

こんな時でも、簡単に発情してしまうとは。オメガの性《さが》とはいえ、この身体に嫌気が差す。

理性も、感情も、すべて奪い去って発情に呑まれてしまえば、楽になるのだろうか。

ぽたりと雫《しずく》が垂れ落ちた。それは聖の瞳から。だがどうして泣いているのか、鈍った思考ではわからない。

「ありがとうございますっ！　二千八百万で落札です！」

「ああ、もうすぐ。聖の番が決まるよ」

カーテンの向こうが一際騒がしくなり――絶望の幕が上がった。

＊＊＊

「それでは本日の目玉商品でございます。第二ステージをご覧ください」

スポットライトが当たると司会役なのだろう男がステージに登り、聖の横に立って紹介を始めた。

「何と十八歳、もちろん番なしの若きオメガ！　しかし皆様好みにたくさん開発されております」

司会に煽られ、下卑た歓声があがった。

眩しさに慣れてきて聖が薄目を開けると、そこには多数の仮面を付けた男たちがいた。数えるのも億劫になるほどの人数が一斉に聖を見つめている。

テーブルの上には酒が注がれたグラスや札束が置かれ、男たちが身に付けている時計や靴はぴかぴかに光っている。集まっているのは、それなりの地位にいるアルファたちなのだろう。

マイクを持っていない補佐役の男が聖に近寄った。

「それでは早速、試食と参りましょう」

スピーカーから響く司会者の声に合わせて、じゃらり、鎖が揺れた。それは聖が身体を動かしたのではなく、補佐役の男が聖の脚を抱えたからだ。

客席に向けて片脚を開かれる。恥部が外気に晒されれば客席の男たちが一斉に息を呑み、会場はほんの少しの静寂を得た。スポットライトも視線も、聖に集まっているのだとわかる静けさだった。

補佐役が取り出した禍々しい形状の張り型を横目にすれば未来の想像がつく。視線が集う後孔にそれを詰めこまれるのだろう。

その予感が発情を完全に呼び起こし、羞恥交じりの欲情が滾っていく。理性の糸はまだ切れておらず思考は冷静だというのに、手首に着けられた手錠の感触すら身体は鋭敏に感じている。窄まりに押しつけられた張り型の冷たさが気持ち悪く、聖は顔を歪めた。誘うように擦られれば、オメガ特有の分泌液が流れ出て太股に伝っていく。それが情けなくて、悔しくて。

っぷ、と水音がして後孔に異物感が走った。おぞましいものが侵攻を開始し、その先端が身体にのめりこんでいく。

客席に、信清に、知らぬ者たちにこの痴態を見られているのだと思うと、少しの反応も見せたくなかった。

どうして、発情なんてするのだろう。

オメガに生まれなければ。時田家の者でなければ。今頃はリュウやトラと一緒にいることができたのだろうか。辱めの最中でも二人のことを思い出してしまう。考えるたびに胸が焼けつ

き、この状況に嫌悪がこみあげた。

「……、て」

掠れた声と共に涙が頬を伝う。観客たちは聖の様子に興奮していたが、これは快楽による涙ではない。わがままの涙だ。

リュウとトラに出会わなかったら、自由を知らなかったのだろう。人を好きになることも、他人に触れられる痛みも、知ることはなかったのだ。

リュウもトラも、好き。どちらかではなく二人が欲しい。

「リュウさん、トラさん……たすけて……」

もしも願いが叶って助けに来てくれるのならば、どちらか一人ではきっと物足りない。二人に助けてほしいのだ。わがままで優柔不断だとわかっているが、止めることはできなかった。

「たすけ、て」

異物がより深くまで侵入し、身体がびくりと反応する。

堪えきれず瞼を伏せようとした瞬間、聖は確かにそれを見たのだ。

哀れな欲張りを祝福するかのように、現れた人物。

「俺たちも交ぜてもらおうか」

会場に響く、声。それは聖の鼓膜に何度も刻まれた、馴染みのあるもの。

幻、いや夢を見ているのかもしれない。ここでその声を聞くはずがないと思いながら、聖は顔を上げた。

会場のドアが開き、外界の光を背に立つ男が二人。

リュウとトラ。ぼんやりと薄暗い中、逆光と共に現れる姿は初めて会った時と似ている。あの時も月光を背負った使者に見えていた。

纏う空気は冷たく、彼らと聖以外を凍てつかせて色を奪う。二人が花だとするのなら、周りが雑草に見えてしまうほどにそれは美しかった。

歓喜する聖とは逆に、会場はざわついていた。

「あれは……金嶋の倅《せがれ》たちか」

「くそっ、保護協会！」

金嶋と保護協会のバッジを付けた存在に観客たちは畏怖する。だが逃げていく観客たちが横を通り過ぎても、雑魚に興味なしとばかりに二人は動じない。その顔は名の通りに龍と虎。怒気を孕み今にも爆発しそうな怒りの牙はステージに向けられていた。

「随分と楽しそうだよねー。オレたちも参加したい……けど何でみんな逃げちゃうのかな。不思議だね」

「金を積まないとオメガを抱けないやつらだ、放っておけ」

「えー。一人ぐらい名刺交換してくれないかな」

騒がしい会場、距離だって隔っている。だというのに二人の声がしっかりと聞こえるのだ。まるで耳元にいるかのように、それほどに二人を求めて感覚が研ぎ澄まされていた。

二人と視線がぶつかるとリュウが叫んだ。

「聖！　お前はどうしてほしい？　そこで嬲られて売られて、番を見つけたいのか？」

「あ……ぼく、は……」

助けてもらえるのだろうと思っていた。だがそれは違う。二人は会場に入っただけでまだ一歩も動いていない。

「聖ちゃんがしてほしいことを教えてよ。オレたちその通りに叶えるから」

手が差し伸べられている気がした。距離は隔っているのだから錯覚なのだとわかっているのに、目の前に感じてしまう。

彼らは甘い香りを放ち、月光よりも美しい。その手は地獄に垂らされたきらきらと光る蜘蛛の糸に似ているが、聖が掴んでも切れることはないだろう。二人の強さを聖は知っているから。

身体に力が漲《みなぎ》っていく。父や信清にかけられた呪いの鎖が壊れていく音がした。

「僕を……助けて！」

救いを求めた。その叫び声が騒がしい会場に呑まれた後、二人は走りだした。


ステージに上がっていた者たちや客が散り散りに逃げていく中、信清は残っていた。

「俺の聖が……俺だけのものだったのに、あいつらが、あいつらが……」

青ざめた顔をし、聖に近づく足元はふらついている。

「……信清、もうやめよう」

「あの学園で色んなやつらに傷つけられていく聖が好きだったよ。それを守るために避妊薬を飲ませて、オメガであることも時田本家に報告しなかったのに」

口にしているのは聖が気づけなかった信清の本心なのかもしれない。信清は正気を失い、焦点の合わない瞳をしている。ぶつぶつと呟く様子に、聖の言葉が届いているかはわからない。

でも目を逸らしてはいけないと思った。

「でもあいつらが、学園も俺の聖も壊していった。時田本家にオメガのことを話せば今度こそ……そう思っていたのにまた邪魔をする」

「……それは違うと思うんだ。信清の『好き』は相手を苦しめるものばかり。僕はそんなことをされても嬉しくない、幸せになれないよ」

「聖が誰かの番になるとしても、あいつらだけは……許さない」

彼を狂わせたのは聖なのかもしれない。ベータを狂わせるほど強くフェロモンを発してしまうオメガ。この身体が、聖の知らぬ間に信清を追いつめてしまったのだ。

早くに気づいていたら信清を救えたのだろうか。問いかけても、時間が戻ることはない。

「信清……ごめんね」

その言葉に信清の身体が揺れ、瞳にわずかな光が戻った気がした。そして聖に向けて手を伸ばす。

「……っ！」

瞬間、手錠と滑車を繋ぐ鎖が緩んだ。地に足がついたと思いきや、久しぶりの床の感触にバランスを崩して聖は倒れこむ。鎖が緩んだといえ手錠はついたまま、さらに身体も強ばり疲れきっていてうまく立ち上がれない。

この鎖を緩めたのは信清だった。あの一瞬、正気を取り戻していたのだろうか。しかし今は座りこんで聖の名を譫言《うわごと》のように繰り返すのみでわからない。

心配だが、まずは残っている手錠を外さなければ。この会場に聖を連れてきたのは信清だろう、となれば手錠の鍵のありかも信清が知っているかもしれない。周囲を見渡しているとステージの端にきらりと光るものが落ちていた。

「……あ、あった」

信清かスタッフが手放したのだろう鍵の束が落ちている。あの中にこの手錠の鍵も入っているかもしれない。だがその場所は遠く、手錠で繋がれた両手を伸ばしてみるが届きそうになかった。せめて身体が動けば取れるのに。

「聖！　大丈夫か⁉」

「怪我は？　痛いところはない？」

重たい身体を引きずろうとした時、ステージに着いたリュウとトラの声がした。振り返って二人の姿を確かめれば心が安らいだ。近くにいるだけで張りつめていた気持ちが解れて、泣きそうになる。

「大丈夫です」

それを聞いてトラは安堵し、詰めていた息を吐いた。そして聖を抱き起こすと汚れた身体に上着を掛ける。

「心配したよ。聖ちゃんが誰かの番になったらって考えるだけで、頭がおかしくなりそうだった」

聖の身体を抱きしめるトラの手は震えていた。ここへ来た時の強気な表情は消え、子供のように聖に縋りついている。

「お前が無事でよかった」

今度はリュウが、聖の頭を撫でた。

近くで目を合わせれば、リュウに宿っていた怒りの炎が鎮まっていくのがわかった。目は切なさと喜びを浮かべて細められ、そこに聖だけが映りこんでいる。聖が独り占めしているのだ。

「頑張ったな。『助けて』って言えたじゃないか」

「……っ、ちゃんと聞こえて……いた？」

「ああ。お前のしてほしいことは叶えるって言っただろ？」

二人の温かさが伝わり、冷えた身体に染みこんでいく。このまま溶けてしまいたくなるほど心地よいのだ。

その心地よさに反応し、ずくりと、奥底で禍々しいものが震えた。

この状況に忘れていたのだ。呼び覚まされた熱は完全に消えず燻ったままであること。二人に近づき、その甘い香りが鼻腔をくすぐっただけで疼いてしまう。

トラに抱きしめられ、触れている箇所が針になってしまったかのように肌に刺さる。相手の体温を鋭敏に感じ取ってしまった身体が、次の刺激をねだって腰を捻らせてしまう。言うことを聞かずに暴れるこの性は嫌というほど学んだもの。

発情期に、入ってしまった。

リュウとトラにそのことを伝えなければ。二人まで狂わせてヒートに陥らせてしまってはいけないのに。だが喋ろうとしても声が出せず、堪えるように瞼を下ろした。

「……これ……もしかして、」

聖の様子に気づいたトラが叫んだ。おそらく発情した聖のフェロモンにあてられて、ヒートしかけているのだろう。

「リュウ！　聖ちゃんを連れて早くここを出よう。ここは人が多いからヤバいことになる！」

「わかってる。だが手錠を外さないと連れ出せない」

聖の手首には手錠がついたまま。信清によって宙吊り状態から解放されたが、まだ手錠と鎖は繋がっている。

「鍵はどこだ。お前も探せ」

「リュウのバカ筋肉でどうにかできないの？　引き千切るとか嚙み切るとかさ！」

「冗談言ってる場合か。時田信清が持っていたのか、それとも会場のどこかに……」

聖から放たれるフェロモンが増していく。聖の場合はアルファだけでなくベータをも巻きこむもので、この会場にいる全員があてられてしまえば大変なことになる。ヒート抑制剤を打つ間を惜しんで二人は周囲を見渡した。

「チッ、目が回る……こいつのフェロモンが強すぎるんだ」

「リュウ。絶対にヒートしないでよ」

「お前もな。ヒートしたら殺す」

「うわあ。殺されたくないから、頑張らなきゃ」

抑制剤を打たずにヒートを抑えることは難しく、リュウもトラもかろうじて理性を保っている状態だった。暴れそうになる本能を押しとどめ、それを耐えるたびに冷や汗が滲む。

もしも一人だったらアルファの本能に屈していたかもしれない。互いの存在、そして聖を守るという目的が最後の糸となって理性を紡いでいた。

「……ちょっとオレ限界かも。斧《おの》で鎖を切れない？」

「バカか。あったらとっくに使ってる。いいから考えろ、脳筋じゃないお前の得意分野だ」

「考えろって言われても……」

聖と信清のやりとり。床に落ちた聖が見ていた場所。身体を引きずろうとして向かっていたのはどこだった。トラはぶつぶつと呟きながら捜し――その瞳が鍵を捉えた。

「あった！　あれだ！」

弾かれたように二人が駆けだす。

トラもリュウも。ヒートの抑制をするのに必死で、鍵を取ることしか考えていなかった。発情期特有の怠さを抱えた聖は瞳を伏せたまま――だから、誰も気がつかなかったのだ。

ゆらりと立ち上がる、影。音もなく操られた人形のようにふらふらと歩き、聖に近寄る。

照明係はとっくに逃げ出して、スポットライトは聖に向けられたまま。近づく影ごと照らす。

「……いやだ、あいつらのものに……なるぐらいなら……」

そして。影の手が、振り下ろされた。

スポットライトだけが見ている。握りしめた注射器が、きらりと光ったのを。

「あ、ああ――――！」

突如襲いかかった痛みに、聖は悲鳴をあげた。

肩に突き刺さる、鋭いもの。発情した身体は細い注射針だろうが太い槍のように感じてしまう。流しこまれた液体が身体を巡り、血液と混ざり合って熱を生む。マグマの如く煮え滾り、内臓から溶かされていくような痛みだ。

発情していた身体は瞬時に抑えられ、しかし過剰な抑制に心臓が急く。こんなにも動いてしまえば破裂するのではないかと心配してしまうほど。

「聖ちゃん！」

「おい！　聖に何をした⁉」

もはや興奮と呼べる域は超えていた。瞼が重たい。遠くで誰かの声がする。肩がやけに痛み、そこからするすると力が抜けていく。それは眠りと違う恐ろしいもの。ひとたび触れてしまえば、幸せも不幸せも好きも嫌いもない、ごちゃまぜの世界に入ってしまうのだろう。

「……ユウ、さん……ト、さん……」

伝えたいことはたくさんあるのに開いたままの唇は動かせず、それどころか息苦しい。口の中がぶくぶくと泡立ち、寒気がして身体の震えが止まらない。

後悔は、苦い味がする。味覚なんてとうに消えたはずなのに、聖はそれを苦いと感じた。もっと早く自分の気持ちに気づいていたのなら、どちらか一人ではなく二人を愛してしまったのだと認めていたのなら、この苦しさを味わうことはなかったのだろうか。

できることならば後悔ではなく愛の味が知りたかった。二人に愛されて抱きしめられたのなら、それはどんな味がしたのだろう。

一転、身体の中心から冷えていく。ゆっくりと広がって、頭や足先まで。

「あ……ああ、俺どうしてこんなこと……聖、俺は……」

意識を失う直前、聞こえたのは注射器を持った信清の言葉だった。抱えていた狂気は光を失い、後悔となって聖の頬に落ちる。その温度は聖がよく知っている、懐かしい温かさだった。

＊＊＊

消えてしまいたいと願っていた時期があった。

聖は信清の家で生活するようになった後、一度だけ実家に戻ったことがある。それは少し遠くから眺める程度だったが、行ったと知れば聖が抱えている傷を思って皆が哀れむだろう。だから信清や信清の両親には黙って一人で向かった。

電信柱の陰から覗きこむ。細い電信柱では聖の姿を隠しきれなかったがそれでも構わなかった。父もしくは兄弟や使用人でもいい。誰かが気づけば、聖を迎え入れてくれるのではないかと淡い期待を抱いていたのだ。

だが門はぴしりと閉じたまま。屋敷から声が聞こえることもなく住宅街は息を潜めている。聖だけが異物のように息をしていた。

そうしてしばらく外で待っていると屋敷が動いた。扉が開き、中から人が出てきたのだ。

「……信清？」

信清とその母親。二人は手を繋いで外へ出て、見送りに現れた使用人に頭を下げていた。

信清の両親は金銭的な苦労を抱えていて、特に信清と聖が幼い頃は経営している会社もなかなか安定せず、苦しい生活を送っていた。聖が預けられてしばらくすると会社は安定し、生活も豊かなものへと変わったが、この間に時田本家と何らかのやりとりをしていたのだろう。

幼き日。信清と信清の母を見かけた聖は、声もかけず何も見なかったふりをして家に帰った。

二人も時田本家のことについては語らない。あの場にいなかったふりをして時間が流れていく。だから封じた。あれは気のせい。錯覚だ。閑散とした住宅街が見せた夢に違いない。もう狂っていたのだ。

オメガとして覚醒しその甘い香りを放つよりももっと前。幼い頃からたくさんのものを狂わせていたのだ。母や父、信清とその家族。それから学園の人たちも。

呪いのような雨粒が蝶の羽に滲み、飛ぶことはできない。

雨が降る、どこまでも冷えていく世界が、聖に冷たい手を伸ばす。聖もそれを受け入れようとしていた。消えてしまいたいと思っていた時期があったのだから、もう。

「……聖、」

温かな、声。それは暗闇に射す光のようだった。淀んだ記憶の夢が晴れていく。

「目を覚まして……お願いだから、」

次に戻るは嗅覚。大好きな甘い香りが鼻腔をくすぐり、その名を思い出す。思い浮かぶ二つの名前が近くにいるのか確認をしたいと欲が疼いた。それをきっかけに身体が力を取り戻し、重たい瞼を開いた。

「……ぁ、」

目の奥が焦げてしまいそうな眩しさに、顔を歪める。

そのわずかな動作に息を呑む音が二つ。聖の両の手をそれぞれが強く握りしめていた。

「聖ちゃん！　気づいたの⁉」

「聖！」

リュウは珍しく瞳を潤ませ、トラに至ってはいつもの明るさが消えて沈んでいる。秋にデートをした時でさえ見たことのない二人がそこにいた。

それが妙におかしかったのだ。聖は微笑む。

「……二人とも、何て顔、しているんですか」

リュウもトラも目を丸くし、それから――。

「おかえり」

二つの温かさに包まれ、雨音はもう聞こえなかった。

＊＊＊

一月末日。聖は、秋にデートした公園近くのタワーマンション最上階に向かっていた。退院後初めての面会である。学園ではなく、二人の家に行きたいと提案したのは聖だった。

「ようこそ、オレたちのお城へ！」

出迎えたトラの言葉は、夏の別荘で聞いたものと似ている。

案内されて玄関からリビングへ向かうと、ソファに腰掛けていたリュウがこちらを見た。

「待ってたぞ」

聖の姿を見るなりリュウの表情が和らぐ。つられて聖も微笑んだ。

別荘のように絢爛豪華な部屋ではないが、この家も広い。リビングには白を基調としたシンプルな家具が置かれ、光沢のある大理石の床は歩くことを躊躇うほど美しい。窓の外はさすが高級マンションの最上階だと頷きたくなる景色が広がっていた。学園も隣街もどこまでも見えてしまいそうな最高の展望だ。

「学園の方はどうだ?」

聖がソファに座ると、リュウが話しかけた。

「特に変わらないです。みんな卒業の話ばかりしています」

「それはよかった」

リュウがそう言うと同時にトラが戻る。その手にはトレーが握られ、三つのマグカップがあった。

「どうぞ。銀虎ちゃん特製のコーヒーだよ」

「ありがとうございます」

「聖ちゃんのには惚れ薬が入ってまーす。さ、飲んで飲んで」

「惚れ……!?」

口をつけようとしたところでトラが茶化したため、聖の動きがぴたりと止まった。見かねてリュウが口を挟む。

「トラ、あまり聖をからかうな。困っているだろ」

「ちなみにリュウのは毒薬が入ってまーす。空気を読んで、さっさと飲んで、さくっと死ね」

「お前なあ……」

聖はそんな二人のやりとりを見ているのが好きだった。顔を綻ばせ、コーヒーに口をつける。変な薬はたぶん入っていない。

「元気になって、安心したよ」

切りだしたのはトラだった。先月のことを思い出していたのだろう。聖は二人に頭を下げる。

「助けていただいてありがとうございました。お二人が来てくれなかったら今頃どうなっていたのか……」

「それについて話がある」

強ばった声に見やれば、保護協会担当者の顔つきになったリュウが眉根を寄せてこちらを見ていた。

「あの日、お前に打ちこまれた薬は、緊急用の発情抑制剤だった」

普通のオメガよりも強いフェロモンを放つ聖の身体は薬を拒否してしまう。使用するたびに耐性がつき抵抗力は増し、二回目に使った夏でさえしばらく眠り続けていたのだ。そして今回が三回目である。

「身体が拒否反応を起こして半月も眠り続けていたんだよ。その間に何度もあんたの命が揺らいで……あの時は怖かった。今こうしてお喋りしているなんて想像できないぐらい」

「今回は奇跡的に一命をとりとめたが、今後は緊急用の発情抑制剤を使えない。もし発情期に入ったとしても止める術はない」

聖は頷いた。あの薬を打たれた時の、死の淵に呑みこまれそうな冷たさを身体が覚えている。もう二度と味わいたくない恐怖だった。

もう一つ気になることがあった。聖に薬を打った人物――信清についてだ。

「信清はどうなりましたか」

聖の問いに、リュウとトラは顔を見合わせた。答えたくなかったのだろう。しばらく言い淀んでいたが、諦めたようにトラが口を開く。

「静養することになったよ。遠く離れた病院にいる」

「……入院、ですか」

「お前を傷つけた罰を与えたいところだが、そういう状態ではなかったからな。しばらく休んだ方がいいだろう」

信清が普通とは言い難い様子に陥っていたのを覚えているため驚きはないのだが、寂しさが押し寄せる。今までの思い出が砕けていく。破片を拾い集めても巻き戻すことのできない喪失感だ。

「時田信清のことは気にするな。お前のせいじゃない」

「いいえ、僕のせいです」

聖は俯いた。

「僕が狂わせてしまったんです。こんなオメガに生まれてしまったから、信清を――それだけじゃない。時田本家も僕が狂わせてしまったのかもしれません。だから追い出されて、捨てられた」

それは自らを責める呪いの言葉のようだったが、すぐにリュウが「それは違う」と遮った。

かちりと乾いた音がして顔を上げればたばこに火が点いたところで、リュウが紫煙を吐く。

リビングに漂うコーヒーの香りに、たばこの苦味が交じっていく。

「時田家には話をつけた。お前が背負うことはない」

「で、でも僕を売ったお金が欲しいと父が――」

「大丈夫。ちょうどね、オレたちも時田本家とSGグループに困っていたところだったから。大人のお話し合いをさせていただきました！」

「何が大人の話し合いだ。ほとんど脅しだろ」

　リュウが言葉を挟むと、トラは「えー？　覚えてないや」と、肩を竦めておどけた。だが二人と違って、聖の表情は強ばっている。脅しと物騒な単語が出てきたことに驚いていたのだ。

「……非合法のオメガオークション。そこで実の息子を売ろうとしていたなんてね、なかなか面白い話でしょ。この話が外に出てしまえば、時田家、支援を受けているSGグループも傷がつく」

「こればかりは弱みを見せてくれた時田家に感謝している。おかげさまで話し合いは俺たちが優位に進めることができた。ビジネス、それからお前の今後についてもな」

「時田本家は今後聖ちゃんに関与しない……つまり、聖ちゃんは自由なんだよ」

　ビジネスの話はわからないが体面を気にする父のことだ、聖よりも時田家の名を守るだろう。寂しい気はするのだが、それよりも二人に守られたのだという事実の方が心に響く。自由だという言葉を噛みしめれば、じわじわと喜びが湧いてきた。

「もう時田は関係ない。せっかくの自由なんだ、もっと欲張りになって、もっとわがままを言っていいんだぞ」

「もっと……欲張りに……」

「やりたいこととかたくさんあるでしょ！　また花火を見てもいいし、今度は海にだって行こう」

　そう言った後、トラはリュウをじろりと睨んだ。

「……リュウ抜きで」

「俺からすれば、お前が邪魔者だ」

「脳筋バカは筋トレでもしててください」

「女装野郎は鏡でも見て黙ってろ」

　いつものくだらない言い争いが始まる。睨み合う二人の間に火花が飛び散っているようだ。

　それを眺めながら聖の頭に浮かぶのは、夏の記憶。あの瞬間に動きだしたのだ。過去を聞いた上で欲張りになれと微笑む男たちに心を奪われた。

「じゃあ……わがままを、言いたいです」

　言い争っていた二人が静まる。二人の視線が聖に向けられた。

「二人が、欲しいです。番になりたいです」

　予想外の言葉だったらしく、リュウもトラも目を見開いて固まっていた。

「あ、あの……？」

　何も答えぬ二人に、聖が首を傾げてからようやく動きだす。

「番って一人しかなれないんだよ⁉　そりゃオレだって、あんたと番になりたいけど……」

「トラの言う通り、お前は一人のアルファとしか番になることができない。番になるのは賛成だが、お前は俺かトラのどちらかを選ばなければならないぞ」

「いえ――僕は選びません」

そう返されるだろうと思っていたのだ。聖は立ち上がって対面のソファまで歩き、ぽっかりと空いた二人の間に座った。そして意地悪く微笑む。

「二人を繋ぐ蝶番《ちょうつがい》になりたいんです。二人じゃなきゃだめなんです」

「それだと、お前は番を持つことができず、発情を抑制できないぞ？」

「その時は二人で僕を閉じこめて、たくさん抱いてください。発情期が終わるまで、ずっと」

リュウとトラの腕を引き寄せ、抱きしめる。近づけば、甘い香りがして頭の奥まで痺れて、どんな大胆なことでもできそうだと思った。これが自由なのかもしれない。

「ふ……アハハ、番にならなくてもいいなんて、そんなオメガは聖ちゃんぐらいだよ。サイコーじゃん」

「どっちも選べないなんて言うとは思わなかった。お前の身体は一人じゃ満足できないのか」

スイッチが入った音がした。発情期でもないのに抱かれたいと思ってしまう、熱。

リュウとトラに挟まれるようにして抱きしめられ、聖は目を細めた。触れ合った箇所がくすぐったい。細胞の奥までむず痒いものが染み渡っていくのに嫌ではないのだ。もっと重ね合っていたい。

リュウの首に手を回して唇をねだる。顔を寄せればすぐに覆われた。

唇ごと奪われる荒々しさではない。ガラス細工を愛でるように優しく触れ、かと思えば甘く噛む。唇が離れるとからかうようにリュウが言った。

「――っ、お前、発情期以外はセックスしないって言ってただろ？」

「だって……欲張りになれって言ったの、リュウさんです」

それを聞いて「そうだったな」とリュウが悔しそうに笑った。

今度は振り返ってトラに唇を重ねる。

待っていたかのように貪られ、熱い舌を絡め合う。ちらりと薄目を開けてトラの顔を見れば視線がぶつかった。金茶の瞳に聖が映り、それは恥ずかしくなるほど恍惚とした色を浮かべていた。

蜜のように、甘く。混ざり合った唾液が思考を溶かして、二人のことしか考えられなくなる。

気づけば脱がされていて、服が床に落ちていた。寝転がったトラに覆い被さるようにして唇を交わし、背はリュウの指先と舌で撫でられている。

キスだけでものぼせあがってしまいそうなのに、二人の温度に挟まれればさらに思考が蕩けていく。触れられている肌と唇だけを残して、空気に消えてしまうみたいに。

「……聖ちゃん、可愛い」

ちゅ、と音を立てて唇が離れた。トラの白い肌にはうっすらと赤みがさしていて、普段よりも艶めかしいものを感じてしまう。

「ねえ。聖ちゃんも目を開けて。オレを見つめながらキスしてよ」

「そ、それは、照れちゃいますっ」

「いいじゃん。聖ちゃんの照れてる顔も感じてる顔も、たくさん見せて」

逃がさないと言わんばかりに頬に手を添えられ、再び唇が重なった。

トラは余裕とばかりに目を開けているが聖はというと瞼を伏せないよう心がけるのが精いっぱいだった。絡み合う舌に酔う姿をこの至近距離で見られている。聖の表情を楽しむかのよう

にトラの目が細くなるものだから、羞恥に悶えてしまいそうだ。

「――――っ！」

ぴくりと聖の身体が跳ねた。背を撫でていたリュウの指先が、胸部に到達していた。ぺったり薄い聖の胸で目立つ、二つの花芽。深いキスに興奮してぷっくりと腫れた胸部の花芽を指で転がされれば、口端から甘い吐息が漏れた。

「ぁ、そこは、」

「硬くなってる。触ってほしいんだろ？」

小さな花芽を執拗に愛でられて身体が疼いてしまう。優しい刺激なのに、でもそれでは足りないのだ。この先を知っている身体は続きを求めて焦れ、胸部で生じた熱が下腹部へと集っていく。

「イイ顔してる、気持ちいいんだね」

「っ、恥ずかしい……です」

「いいじゃん、見せてよ――ほら、ここも」

熱に反応して、むくむくと起き上がった聖自身にトラの手が伸びた。待ち望んでいた指先だ。触れられた瞬間、身体に電流が走ったかのように背筋が反る。

聖の上擦った吐息を浴び、トラは満足げに笑みを浮かべた。

「触られたかったでしょ？」

握られ、膨張した熱ごと上下に擦られる。

滾った男根は敏感になり、手のひらの感触や弾力までしっかりと伝わってくる。根元まで指が下ろされれば、内側に溜まった精まで響く圧迫感に身体が小刻みに震えた。

「気持ちいい？」

「は、いっ……もっと、擦って……」

ねだればその通りに、トラの指先が聖を弄ぶ。

煽られるたびに血液が滾り、先端からぬるりと先走りの汁が垂れる。それを手のひらに纏わせて触れられれば、摩擦が消えて快楽しか残らない。

幹から鈴口まで余すところなく扱かれ、腰だけが別の生き物になっている感覚。唇を噛みしめて耐えている自身が淫猥な顔をしているのは容易く想像できた。

「んぅ……それ、だめ、すぐでちゃ……」

上下するたびに陰嚢《いんのう》も跳ね、意識が集う。男根がより膨張し腫れあがって精が弾け飛びそうな瞬間、トラの指先が緩んだ。

「だーめ。まだ出さないで」

達する直前に止められればもどかしく、泣きだしそうな切ない顔をしてトラを見つめてしまう。餌のお預けを食らった犬はきっとこんな気持ちをしているのだろう。

哀願する視線にトラは微笑み、それから音を立てて唇を重ねた。これで我慢してと諭すような口づけだ。

「何だ、お前はトラばかり構うのか？」

不貞腐れた声と共に、リュウが聖の脚を摑んだ。臀部を突き出した体勢となり、普段隠されている後孔に冷たい風が当たる。

リュウが見ている。そう感じた瞬間、触れられてもいないのに後孔がじんと疼いた。

「さすがオメガだな。発情期じゃなくても濡れてる」

後孔を伝う愛液を指で塗り広げられ、濡れた肌に外気がより刺さる。発情期でもないのに濡れるなんて初めてのこと、それほど興奮してしまっていた。

「ほら一本目だ」

窄まりを押し広げて侵入した指を何の抵抗もなく受け入れる。充血した秘肉を細い指先がかすめた。

「ふ、ぁっ……」

「随分締まってるな。広げてやるから、力を抜けよ」

ごつごつとした指先が中をかき混ぜれば、熱い粘膜も愛液も渦のように絡まり合う。内壁を擦られた瞬間、上擦った声が漏れた。

「……そ、こ、だめ」

「だめじゃないだろ。ちゃんと言え」

「んっ、きもちいい、ですっ……ちから、はいらないっ……！」

弱点があるとすれば間違いなくこの場所だ。触れられるたび身体が震えてしまう。

「可愛い顔してる。リュウに弄られて、気持ちいいんだ？」

「は、いっ」

「じゃあ、お代わりだね。もっと気持ちいいところ見せて」

呼応するように、二本目の指が沈んでいく。それぞれの指が暴れて聖をかき乱し揺さぶっているというのに。はしたなく涎を垂らした後孔は、今以上の快感をねだってしまう。疼きが止められない。

「こんなにひくつかせて、指じゃ物足りないだろ？」

「もっと……ほしい、ですっ……おおきいの、ほしい」

ずると指が抜けていく。秘肉に爪痕を残すように引き抜かれ、たまらず聖の身体が跳ねた。

「ね、オレが先に挿れたい。だめ？」

甘えたように見上げる金茶の瞳が艶かしく光り、聖は頷いた。

ソファにしがみつくようにして臀部を突き出すと、いきり勃ったトラの肉欲が淫口に擦りつけられた。てらてらと濡れた後孔の愛液が絡みつき、焦れったく滑る。

「オメガってこんなに濡らしちゃうんだね、いやらしい」

「も、がまんできない、です……」

「ちゃんとおねだりして？　その通りにしてあげるから」

顔は見えないのに、きっと悪戯《いたずら》っぽく笑っているのだろうと浮かぶ。悔しいのに、欲望に抗えないのだ。熱を擦りつけられ、近くにいるものだから余計に求めてしまう。

「トラさんの……ぼくの、なかに、いれてください……っ」

聖がそう言うと背から「可愛い」と声が落ちた。そしてずぶり、と異物が押し入ってくる。

「んぅうっ――――！」

よほど濡れていたのか抵抗もなく入ったものの、ねじこまれた質量に息を呑む。何かに掴まっていなければ振り落とされそうな快楽の波が襲った。

熱いものに支配されている。硬い肉欲が解された粘膜をかき分け、それを歓迎するように淫口がひくひくと震えた。

「あー、気持ちいい。ヤケドしちゃいそ」

その抽送は指とは比べものにならない大きさで秘肉を擦りあげていく。酸素を奪うような荒々しさのくせに聖の弱いところを探るようでもあった。突かれ、それを受けとめるたびに喉奥が喘いでしまう。深くまで差しこまれた瞬間、無意識のうちに甘ったるい叫びをあげていた。

「ひぅっ！　ん、奥は、っ、だめぇ」

「ここがイイの？」

確かめるようにこつこつと奥を叩かれ、その気持ちよさに聖の身体が悶えた。指でも届かない最奥がむず痒い。突かれるたび生じる快感を、さらに求めて腰をくねらせてしまうほど。

「あ、あっ、そこっ」

「聖、こっちも忘れるなよ」

「あ――」

猛ったリュウの肉欲が差し出される。いずれ貫かれるであろう凶暴なそれが愛おしく感じ、夢中で舌を伸ばした。ソファに腰掛けたリュウにしがみつくようにして咥える。

「上も、下も。お前は随分と欲張りだ」

「ほんと、聖ちゃんってえっちな身体してるぅ」

甘い香りが、与えられる熱が、頭の奥まで冒していく。二人に貫かれ、愛されているのだと思うと、快楽とは別の温かな気持ちで満たされていた。

「好きだよ、聖ちゃん。愛してる」

「ふ、ぁ、僕も、トラさん、すきっ、好きですっ」

「毎日毎晩聞かせて。オレが狂っちゃうぐらい言って」

ご褒美のように背に唇が落ちる。淫肉への刺激に耐えられず、リュウの昂ぶりを咥える余裕は失われていた。それでもと舌を伸ばすが、舌先は情けなくぷるぷると震えていた。

「まったく。学園中を虜にしたと思えないだらしなさだな。トラ、次は俺だぞ」

「聖ちゃんを死ぬほど気持ちよくさせてあげたいけど後でね。じゃないとオレ、あいつに怒られそう」

律動が、急いた。逃げ場を奪うように、がっしりと腰を掴まれて、熱をぶつけられる。

「っ、きもちよすぎ、でちゃいそ」

「んっ、あ、だし、て」

獰猛《どうもう》な抽送に理性が揺さぶられる。聖だけでなく、トラも余裕がないのだろう。肌のぶつかる乾いた音が、短い間隔で何度も、部屋に響いた。

「ね、どこに出してほしい？　言って？」

「あっ、あ、なかに、ほしい、ですっ」

「ん……よく言えました。いいよ、奥にたくさん、出してあげる」

壊れてしまうほど、奥に。精を溜めこんで膨張した肉欲が何度も最奥を突く。そのたびに聖は甲高い声をあげ、かろうじて残った理性の糸にしがみつこうとした。そして。

「んっ――――！」

最奥で、弾けた。

締めつける秘肉を押しのけて、数度、トラのものがびくびくと跳ねる。放たれたものは息ができなくなるほど熱く激しいのに、不思議と心地よい。

「……聖ちゃん、悦んでる」

「だっ、て、きもちよくって……」

「奥まで擦りつけてあげる。オレのものだって、染みこませたい」

最奥を優しく撫でられ、トラの欲が内部でかき混ぜられる。結合したところから濁った音が響き、こぼれ溢れたものが床を汚した。

でもまだ――足りない。発情期特有の獣のような荒々しさを持ちながら、正気を保っている。だからこの飢えに、気づいてしまうのだ。

聖は、目の前に突き出されたリュウの肉欲をもう一度咥えた。幹の根元、先端と、たっぷりと唾液を含ませた舌で舐《ねぶ》る。

「あれだけ激しいものを見せつけておいて、まだ欲しいのか、お前は」

「は、ぁっ……好きですっ、ふたりが……たくさんほしいっ」

ここに聳え立つ獣欲が自らの痴態に興奮しているのだと思えば、愛しくてたまらない。

優しく手のひらで包み、陰嚢まで舌を這わせる。軽く唇を落として吸いつくとリュウの身体が震えて悦んだ。

「……っ、どこで覚えたんだ、そんなの」

見上げれば、リュウの視線とぶつかる。この近さだ、舌や指のかすかな動きまで見られていたのだろう。

リュウは余裕の微笑みを浮かべているものの、呼気は熱を帯びていた。聖に尽くされて悦んでいるのだと知り、もっと欲しくなる。リュウを気持ちよくさせたい、と身体が動いた。

「聖⁉」

リュウをソファに押し倒して、上に跨《また》がる。屈強で強面なリュウを見下ろしているのだと思うと、妙な気持ちになった。

「リュウさんのも……ください」

嫌だ、なんて言わせない。欲張りになれと火を点けたのは、二人なのだから。

先ほどの激しさが残り、熱と精液で満たされた淫口にリュウの昂ぶりを当てる。熟して敏感になったそこに先端が触れるだけで、身体がぴくぴく跳ね喜んだ。

「ぁ――――」

先端が当たっただけでこんなにも悶えてしまうのだ。すべて受け入れてしまえば、壊れてしまいそうだ。上に跨がったことを後悔してリュウに視線を送るが救いはなく、意地悪い笑みしか返ってこない。

「欲しいんだろ？　自分から、求めてみろよ」

「で、でも……」

「ゆっくり腰を落とせ。俺が入ってくるのを感じろ」

恐る恐る、腰を落とす。後孔が追いつめられ、開かれていく感覚。その先にあるものは気持ちいいのだとわかっているのに、恥じらいが生じて先へ進めない。

肩を温かな手で撫でられる。長い髪が落ちて、トラの、香りがした。

「手伝ってあげる」

「トラさ、んっ……」

力がこめられ、落ちる、堕ちていく。

淫肉をかき分けて侵入する速度は遅く、それによって猛った幹や浮き出た血管、中にとどまっていた精がぽたぽたと垂れ落ちる様までもじっくりと感じてしまう。

耐えられず、腰を浮かせることもできずに脚が落ち——瞬間、硬い肉欲が最奥を貫いた。

「あ、あああ……」

一糸纏わず裸体を晒し、こんなにも脚を開いて咥えこむ様を見られているのだ。羞恥と快楽が混ざって、後孔から脳天まで串刺しにされているように蕩けてしまう。

身体の内から発する艶が、吐息に交じって漏れていく。唇を合わせる余裕もなく荒い呼吸を繰り返す聖の頰を、リュウがそっと撫でた。

「……お前は淫らな雌だ。噛みきられそうなほど締めつけてくる」

優しい指先なのに紡ぐ言葉は劣情を煽る。たまらず身を震わせれば、中でびくりとリュウの肉欲が反応した。

「も、っと、ほしっ、い」

根元まで深く受け入れ、互いの身体が馴染んでいく。すると新たな欲が生じた。このまま挿れていれば、リュウの肉欲の感覚がわからなくなってしまいそうで、刺激を求めて腰を動かした。

　出しては呑み、抽送を貪欲に求める下腹部は、きっと本能のみで作られている。恥ずかしいのに止めることができない。背から伸びたトラの手が胸部の花芽を摘まんで弄び、さらに快感を煽るのだ。

　こんなの、抗えない。

「ふぁ、あ、っ」

　自らの動きに合わせて秘肉が擦れる。その気持ちよさに、情けない声を漏らしながらも腰が急いてしまう。動きに合わせて、開いた脚の中央で聖の男根が揺れる。ぶるぶると動き暴れるそれは、行為の激しさを語っていた。

「挿れられて、こんなに勃つんだ。えっちだねぇ」

　背から回りこんだトラの手が触れた。ただ軽く握られているだけなのに、聖が身体を動かすたびに男根も扱かれていく。

「だ……めっ、そんな、とこまでっ」

「聖ちゃんも気持ちよくなりたいでしょ？」

　答える余裕なんてない。弱いところを同時に責められてしまえば、意識がぐらついて腰を動かすのも疎かになってしまう。抽送がゆるゆるとしたものに変わり、止まってしまいそうで──力が抜けていく中、衝撃が最奥をずくりと突き上げた。

「は、あっ……！」

「……誰が、やめていいって言った？」

「おかしく、なっちゃう……こんなの、がまん、できなっ」

額に汗を浮かべたリュウが聖の腰を掴む。そして蓄えていた力を解放するように、荒々しく下から何度も突いた。

「聖。俺はお前だけを愛する。お前のわがままなら全部、受けとめてやる」

「あ……リュウ、さっ、」

「なあ、俺にも言ってくれよ。お前の口から聞きたい」

「すき、です、リュウさんも好き、二人が好きですっ」

腰に回されたリュウの手に、自らの手を重ねた。何かに触れていなければ耐えられないと思ったのだ。ごつごつとした骨太の手。がっしりとした雄の身体には汗が滲み、張りついた髪まで、すべて、色気の塊のように見えてしまう。

奪われ、食べ尽くされるのだ。リュウとトラ。二つの花は芳しい蜜を纏って、聖を骨まで溶かし尽くし、果てようとしている。

「もっ、だめ、イっちゃう、でちゃうっ」

「俺も……中に、出してやる」

口の中がひどく渇いている。肉欲を受け入れているそこは濡れて止められないのに、飢えているのだ。もっと欲しいと願ってしまう。

聖を貪る昂ぶりが最奥を叩く。激情の波が、襲いかかった。

「ぁ、あああ――――！」

「――――っ！」

聖の高められた欲が迸り、弾け飛ぶ。

同時に後孔に差しこまれたリュウの肉欲も、身を震わせて最奥で吠えた。

愛の、味がするのだ。

飽くなき渇望。知ってしまえば失うことのできない、飢え。

二人に抱かれて、滅茶苦茶に溶けてしまう悦びを刻まれてしまったのだ。もう忘れることはできない。この甘美な蜜から離れるなどもう考えられない。こんなにも虜になってしまっているのだから。

＊＊＊

春の訪れを感じる、良き日。

その人物はベッドから起き上がり、まるで来客を待っていたかのようにこちらを見ていた。

聖は白い病室の扉を閉めて、その名を呼ぶ。

「のぶ、きよ……」

声をかけていいものか。躊躇いは部屋に入る前に捨ててきたというのに怖くて、顔を見ることができないでいる。

扉を背に立ち竦んでいる聖だったが、緊張を解す声が鼓膜をくすぐった。

「……久しぶりだね、聖」

その穏やかな声に顔を上げれば信清の柔らかな微笑みがあった。それは春の陽光に似ていたのだ。長き冬に差す光のように待ち望んでいたもの。

一歩、吸いこまれそうになる。同じ部屋にいた頃の距離が蘇って、その懐かしさに触れたくなるのに——近づいてはきっと苦しめてしまうだろうとその場にとどまった。

「明日、行くんだよね」

聖が訊くと、信清は頷いた。

信清は明日退院し、遠く離れた地に引っ越すと決まった。時田本家の干渉を受けない遠い場所の方が心を休めることができるだろう。

聖はここに残ることが決まっている。元々学園を卒業すれば自立するつもりだったのだ。信清たちが引っ越したところで何も予定は変わらない。

「うん。明日、ここを出るよ」

「……そっか」

「まさか。聖が見送りに来てくれるなんて思わなかったけど」

今までの聖ならばきっとここに来なかっただろう。ただ受け入れ、信清が去る日に空でも見上げて諦念に浸っていたかもしれない。

だができなかった。欲張りになってしまった聖は、最後に信清の顔を見たいと願い、その通りに動いていた。

わかってはいたが切なさが面に出てしまう。長く一緒にいただけに顔を見れば、やはり寂しいのだ。それは信清も同じかもしれない。微笑んでいるのに、聖に向けられた視線は透明な涙が混じっている気がした。

「……これが、最後だね」

「……うん」

開いた距離は縮まることがない。聖も、信清も。縫い留められたように足は動かずそこにいる。

「聖……最後に言いたいことがあるんだ」

息を大きく吸う音が聞こえた。空気中に漂う勇気を集めているのだろう。狂気の呪縛から逃れた顔をしている。紡がれる言葉はきっと「ごめん」なのだ。それを察して聖は先に叫んだ。

「ありがとう！」

謝罪の言葉なんて必要ない。

信清は確かに聖を傷つけたかもしれないが、聖も信清を傷つけ狂わせていたのだ。ならば赦しよりも、感謝を伝えたかった。

聖を監視し時田本家へ報告をしていたとしても、酷い裏切りをしたとしても、傍にいてくれたのは信清なのだから。

「遠くに行っても、信清の幸せを願っているよ。僕も、幸せになるから」

「聖……」

「今までありがとう、元気でね――それを言いに来ただけ、だから」

それ以上の言葉をかけてしまえば、無情に距離が縮まって信清を苦しめてしまうだろうと考え、聖は背を向けた。

心の中で「さようなら」と告げる。ドアノブを掴めば金属が持つ冷たさが染みこんだ。それを握りしめた手に、さらに冷たいものがぽたりと落ちる。もう振り返ることはできなかった。こんな酷い顔を見せるわけにはいかない。十年以上傍にいた人に別れを告げるのは、こんなにも胸が痛むなんて知らなかった。

去るべく踏み出した聖の背に声が落ちる。それは聖の頬を流れるものと同じ温度で、春の風に流れていく花びらのように寂しいもの。

「ありがとう……さよなら、聖」

一度落ちた花びらが戻ることはなく、地面と同化して消えていく。咲いた頃の美しさは失われるのだ。その儚さは、今日の別れに似ていた。

桜の花びらが、風に流されていく。

病院を出ればどこからか甘い花の香りがして、聖は目を細めた。慣れるほどその香りを知っているはずなのに、引き寄せられてしまう。香りをたどるように歩いていくと駐車場に黒い車が停まっていた。

車にもたれ掛かるようにして二つの影が暇を持て余している。一人は風に舞う花びらを鬱陶しそうに睨みつけ、距離を開けてもう一人は桜を無視してたばこを咥えている。随分と太々しい花たちだ。その姿に聖は駆け寄った。

「終わったの？」

やってきた聖の姿に、リュウとトラが振り返る。

「はい。お別れしてきました」

「……帰るぞ」

車に乗りこむと春の風が遮断され、二人の甘い香りが濃くなる。

車が走りだしても車内は無言のままだった。その居心地の悪さに、聖はハンドルを握るリュウの様子を窺う。

「……何だ？」

バックミラーに映るリュウの眉がぴくりと動いた。どうも朝から機嫌が悪い。それはリュウだけではなく、トラも外の景色に目を向けたまま珍しく黙りこんでいる。

彼らの機嫌を損ねた原因はわかっていた。聖が信清に会いたいとわがままを言ったからだ。二人から猛反対を浴びたが聖の意思は折れず、結果こうして会いに来たわけだが——困ったことに、この大人たちは不貞腐れている。

「まだ怒っているんですか？」

呆れ気味に訊くと、助手席に座るトラが振り返った。

「そりゃ、怒るよ！　あの子は聖ちゃんと一緒にいた従弟くんだよ。やっぱり離れたくないなんて言われたらイヤだもん。あんたを取られたくない」

「触られたりしてないか？　お前も、あいつに対して変な同情はしてないだろうな？」

「触られていないし、同情もしていません！　二人とも変ですよ」

聖が声を荒げると、車が停まった。見れば信号が黄色から赤へ移り変わるところだった。車内はしんと静まりかえり、我に返ったかのようにリュウが呟いた。

「……嫉妬、しているんだよ」

「え？　信清に、ですか？」

聖が訊き返すと、トラが「そう」と怒り口調で認めた。

「だってあいつは、オレたちよりも聖ちゃんのことをたくさん知っているでしょ。悔しいもん」

「お前を連れ去って傷つけて、なのにこうやって会いに来てもらえる……ずるいだろ」

はあ、とため息が聞こえる。嫉妬している自分自身を情けないと感じているのだろう。それが愛らしく感じて——聖は笑みを浮かべた。

「心配しないでください。僕は二人が好きなんです」

胸にじんと染み渡っていく心地よさ。それが溶けてしまえば、また次を求めてしまう。飢えている。欲張りになって求めてしまう。愛の味がしているのだ。

「リュウさんとトラさんが好きです……もっとたくさん、二人と一緒にいたい」

言い終えると同時に車が走りだした。それと共に車内に充満していた不機嫌な空気も薄れていく。

「まったく。酷いよね、聖ちゃんって」

「えっ、僕、ですか？」

「俺たちを手玉に取る、悪いやつだ」

ミラー越しにリュウが笑った。

「どちらも選ばない、番にならない……自由すぎて困りものだな」

「聖ちゃんに、オレたちの名前を書いた首輪でもつけておく？」

「いいアイデアだな。だが――」

車が走り続けているのに、すべての音が消えた気がした。リュウが紡いだ言葉が、聖の鼓膜を支配し時間すら止めてしまうほどの熱を持っていたからだ。

「子供を作ればいい」

聖の身体が固まる。

今、何て――反芻しようと脳が回転数をあげたところで、トラが手を叩いて歓声をあげた。

「賛成！　素晴らしいね。今だけはリュウが天才に見えるよ。オレ、子供好きだからさ、頑張っちゃうぞー」

「勘違いするな。俺と聖の子だ。お前は黙って見てろ」

「あ？　何言ってんの春の陽気で頭が沸いちゃった？　オレと聖ちゃんの子に決まってるでしょ」

「車から蹴り落としてやる」

「じゃあオレは聖ちゃんと車を降りるから。リュウは一人で帰ってね」

状況を呑みこめずにいる聖を置いて、リュウとトラの小競り合いが始まる。

機嫌がよくなったと思えばすぐこれだ。聖は呆れながら二人の間に割りこんだ。

「あの！」

その言葉が水を打ち、車内が静まる。

「僕は欲張りなので、リュウさんの子供も、トラさんの子供も……欲しいな、って……」

二人を手に入れるどころか、その証まで欲しくなってしまうなんて。口にすれば恥ずかしく、みるみる頬が赤くなっていく。

返答をするように、アクセルを強く踏みこむ。

「おい、ここから近いホテルはどこだ」

「次の交差点を左折。一泊でいいよね、今から部屋押さえる」

「頼む。あと明日の会議も午後にずらそう」

「あ、あの……二人は……何を……？」

呆然とする聖に、トラが振り返る。ミラー越しに見えるリュウの目も妖しく細められていた。

「あんたが悪いんだよ。オレたちを狂わせた、可愛い聖ちゃん」

「俺たちに火を点けたことを後悔するんだな。一晩中、可愛がってやる」

蝶が狂わせたのか、花が狂わせたのか。どちらのものともわからぬ甘い香りがしているのだ。

蝶は淫らに羽を動かして舞うのだろう。番に縛られず自由に舞い、二つの花を繋ぐ。運命の番が一人だなんて誰が決めたのか。それでは満足できないのだ。

この欲は蝶番の形をしているのだから。

狂ってしまったのは二人だけではなく聖も。だからこの状況に悦び、囁いてしまう。

「……いっぱい、してください。溢れて、おかしくなっちゃうぐらい」

欲張りオメガを乗せた車が、春の街に消えていった。

あとがき

こんにちは、藤華るりと申します。拙著をお手に取って頂きありがとうございます。

本作は、小説投稿サイト・エブリスタ様で開催された「天下分け目のBL合戦夏の陣　ダリア文庫賞」にて大賞を頂きました『狼欲《ろうよく》バタフライドール』を改題、改稿したものとなります。エブリスタ掲載時に頂いた応援や励まし、ありがとうございました！

さて、『蜜欲のオメガ』ですが、当初書いていたプロットではリュウとトラは双子の予定でした。聖に対してもっと厳しく接するはずが、煮詰めるうちに双子設定はなくなり、態度も緩和されていきました。信清はもっと病む予定だったのですが、あまりにも可哀相で少し優しくしようと今の形になりました。

リュウとトラは互いに信頼しているようで、でも理解しあえない関係だと思います。抱えている傷は似ているから、聖に対してそれぞれの親近感を抱いて放っておけないと考えたのかもしれません。聖を奪い合うやりとりは楽しくて筆がなかなか止まりませんでした。

リュウは不器用だけど努力家で変なところで天然。トラは器用で何でもこなすけど根気がなく諦め癖という設定があります。他にも、リュウは寝起きが悪くて寝癖がひどいだの、トラは抱き枕がないと眠れないだの、本編に出しきれていない設定がたくさんありました。

そして聖。本編後にはどうか幸せになっていてほしいと思います。幸せといってもまだまだ波乱がありそうですが、リュウとトラがいればさくっと乗り越えそうですね。聖も強く図太くなりましたし！　聖には兄が二人と弟が一人いる設定があるもののこちらも出せず……。
オメガ保護協会や保護特区といった設定はとても気に入っています。掘り下げていきたい要素がたくさん。リュウとトラの秘書が登場する話をエブリスタ等の小説投稿サイトに掲載していますのでそちらもぜひよろしくお願い致します。他にも蜜欲のオメガ番外編として、リュウとトラの過去編であるトラ女装びっくり大作戦の話をエブリスタで公開しています。いずれ信清のその後やリュウトラ聖の三人が海に行く話も書きたいです。

オメガバースは発情や男性妊娠、運命の番などオイシイ要素ばかりですね。性の本能に抗えなかったり理性と本能が一致してケモノさんになってみたりと妄想が止まりません。アルファを頂点とした階級制度も好きです。このオメガバースに複数エロスを組み合わせたらどうなるだろうと考え、本作に繋がりました。複数エロス大好きなので書いていて楽しかったです。
オメガバースは他にも組み合わせたいものだらけで夢が広がります。どんな要素と組み合わせても面白い化学反応が起きる。好きな物をたくさん乗せたランチプレートみたいなオメガバース。奥が深いです。

イラストは逆月酒乱《さかづきしゅらん》先生にお引き受け頂きました。リュウとトラは色気たっぷりで恰好よく、聖は可愛らしく、頭に思い描いていたものを上回る美しさ。ラフを拝見した際は感激のあまり叫んでいました。表紙口絵挿絵、すべて宝物です。逆月先生、ありがとうございました。

この度たくさん支えて頂きましたダリア文庫担当様。担当様のわかりやすいご指導や手厚いフォローに感謝の気持ちでいっぱいです。たまに入る萌えトークが癒やしです。担当様、そして製作にご尽力頂きましたスタッフの皆様、ありがとうございました。

エブリスタ担当様。BL合戦、書くのも読むのも楽しかったです。こちらのBL合戦、各出版社賞のキャッチコピーを読んでいるとニヤニヤしますので、未読の方はぜひ。

それから友人たち。辛い時は励まされ、萌え妄想にも付き合って頂き、いつも感謝しています。またお酒を飲みながら朝まで話しましょう!

最後に、エブリスタから引き続きの方、今回はじめて『蜜欲のオメガ』をお読み頂きました皆様にお礼を申し上げます。本当にありがとうございました。

それでは、またお会いできることを願って。

藤華るり

藤先生・担当さま
ありがとうございました♥
発売おめでとう
ございます！
タイプの違う子達を沢山
描けて楽しかったです
潮月酒乱

初出一覧

蜜欲のオメガ -バタフライ・ノット- ………… 「エブリスタ」掲載の「狼欲バタフライドール」を改題・加筆修正
あとがき ……………………………………………… 書き下ろし

ダリア文庫をお買い上げいただきましてありがとうございます。
この本を読んでのご意見・ご感想・ファンレターをお待ちしております。

〒170-0013 東京都豊島区東池袋3-22-17　東池袋セントラルプレイス5F
(株)フロンティアワークス　ダリア編集部
感想係、または「藤華るり先生」「逆月酒乱先生」係

この本のアンケートはコチラ!
http://www.fwinc.jp/daria/enq/
※アクセスの際にはパケット通信料が発生致します。

蜜欲のオメガ -バタフライ・ノット-

2019年1月20日　第一刷発行

著者 ―― 藤華るり

発行者 ―― 辻 政英
発行所 ―― 株式会社フロンティアワークス
〒170-0013 東京都豊島区東池袋3-22-17
東池袋セントラルプレイス5F
営業　TEL 03-5957-1030
編集　TEL 03-5957-1044
http://www.fwinc.jp/daria/
印刷所 ―― 図書印刷株式会社